著

參

网易云阅读

Kadokawa Fantastic Novels DX

目錄

第二十一章　雪山之上

阿紀三人逃出客棧後，不敢再回去，阿紀就帶著姬寧在北境城中找了個破廟過了一晚。

現在的北境與鮫人初來時，只坐擁馭妖台的北境不太相同。北境有了自己的城池，原來的馭妖台便如同京城的皇宮一樣，位於整個北境城的中間。

在地牢中相遇的四人裡，蛇妖是他們當中在北境待得最久的人，雖然同樣是坐牢，但是人家坐牢之後有家可回，不像他們。而盧瑾炎相較阿紀與姬寧兩人也不一樣，盧瑾炎有自己的馭妖師夥伴們，雖然他們才剛降來北境，但他離開客棧之後，也有能接納自己的團體。而阿紀和姬寧，在北境就真是舉目無親了。

他們不敢去找蛇妖，怕被鮫人找到，也沒辦法跟盧瑾炎一起回去，那些馭妖師現在還對妖怪和國師府弟子有深重的偏見。是以，她只好帶著姬寧尋了個破廟，將就了一晚。

第二天一大早，盧瑾炎熱心地給他們帶了早餐來，阿紀也早早醒了，一邊吃著東西一邊道：「我們還是得盡快南下。這鮫人心性我摸不準。」她分析道：「現在不走，之後可能就走不掉了。」

她不知道這鮫人對過去的自己有什麼感情，但從他的各種舉動來看，這鮫人應該是個強勢至極的人。一旦被他發現她和過去的她有一絲連繫，鮫人肯定不會讓她離開。

搞不好囚禁她一輩子也是有可能的。

她還沒看夠這個世界，可不想在這苦寒地被囚一輩子，就盯著那張鮫人臉，什麼也無法指望。

雖然……那張臉挺美的。或者說，那是她目前為止見過，世上最美的臉。

「你們得走。」盧瑾炎接過阿紀的話頭，打斷了她的遐想。「但我還是得待在北境，雖然這鮫人……和我一開始想的不一樣，但我的同伴們都來到了這，我也不能走。」

「嗯，好，那就此別過，待會兒我和姬寧就直接離開馭妖台了。」言罷，阿紀盯著姬寧道：「你呢？出了北境，你要去哪兒？」

「我？」初醒的姬寧沉默了片刻，垂頭低聲道：「我還是得回國師府，我師父還在國師府……」他越說聲音越小。他想，在世人眼中，國師府的人已是惡名昭彰，他怕阿紀瞧不起他……

但阿紀只點了點頭，再自然不過地道：「行。南下路上，我送你到最靠近京師的驛站。」

姬寧愣了愣，不敢置信地盯著阿紀，隨後抿唇握緊了拳頭。

阿紀沒有留意姬寧的表情，兩口吞下食物，告別了盧瑾炎，帶著姬寧往離開馭妖台的城門走去。

兩人還沒走到城門，阿紀便察覺到身後有人跟著他們。與偷偷摸摸的跟蹤不同，她一轉頭，就看見兩個穿著墨衣，佩著刀的人站在他們身後。她繼續往前走，又是一個猛回頭，兩人還是亦步亦趨跟在他們後面，半點要躲的意思都沒有，站在後面直盯著他們，毫不避諱。

想來也是，這本來就是鮫人的地盤，鮫人想幹什麼都行，他派人來跟著他們，這城裡怕是一個來攔的都沒有。

阿紀心裡有些愁得慌，但還是抱著僥倖的心態奔向了城門。果不其然，剛到城門，兩個墨衣人便從後面走上前來。

「二位，你們現在還不可出北境。」

姬寧有些慌地道：「可……可是鮫人……不……你們尊主都說放了我們了。」

沒等兩人答話，阿紀接過話頭道：「是不殺我們，沒說放了我們。」

兩人道：「正是如此。」

阿紀拍了拍姬寧的肩，以示安撫。

「行，我們不走，就待在北境。」她平靜地轉過身去，此時，身側倏爾有一輛載著乾草的板車經過，阿紀以迅雷不及掩耳之勢，將那乾草一拍，乾草霎時飛了漫天，亂了人眼，狹窄的城門門洞裡頓時亂成一圈。阿紀拎了姬寧的衣襟，縱身一躍，霎時消失蹤影。

兩名墨衣人將身上的乾草拍乾淨，相視一眼，一人往城外追去，一人往城內追去。

其實阿紀並沒有跑多遠，她帶著姬寧躲到了城門旁邊的一個馬廄後，沒給姬寧反應的機會，不由分說地拿了地上的泥，抹了姬寧一臉。

「這是……等……哎……我的衣服！」

「別吵！」阿紀將姬寧外面的衣服脫了，左右看了一眼，隨手撿起地上的一塊破布將他包起來。「你裝乞丐，我裝你姊姊，咱們一起混出城。」

「我姊姊？」姬寧不敢置信。「怎麼……」話音未落，他將糊在眼睛上的泥抹乾淨，轉頭看了阿紀一眼，霎時呆住。「妳……妳是阿紀？」他十分震驚，幾乎要跳起來。「妳是女的？」

阿紀用了第一條尾巴的臉，是一個乾瘦的女子。她的身形模樣與剛才全然不同，宛如換了一個人。

「妳妳妳……」

「我是狐妖，狐妖能變臉的，你沒聽說過嗎？」

姬寧聽了這話，方才稍稍冷靜了下來。

「聽……聽過……沒見人當場變過……」

「你現在見過了。來，別耽擱，起來。」阿紀將姬寧拉了起來，拽著他往前走，而姬寧看著阿紀，還有些反應不來。他嘀咕：「那真正的妳……到底是男是女啊？」

「有關係嗎？」阿紀回頭瞥了他一眼，再一轉身，卻驀地一頭撞上了一個人的胸膛。

來人身上清冽的香讓阿紀一嗅到便打了個激靈，她抬頭，眼前是銀髮藍瞳。又是這個鮫人……

怎麼上哪兒都有他……他不是鮫人，是鬼人吧？

阿紀咬咬牙，一垂腦袋，想硬著頭皮當沒看見，糊弄過去。

但哪有那麼容易，面前泥地上未化的積雪霎時化為冰錐，直勾勾地指向阿紀。阿紀腳步一頓，手中法術一掐，又變回了男兒身。

她深吸一口氣，轉頭，打算直面鮫人。

「尊主。」她盯著長意藍色的眼瞳道：「我們是糊裡糊塗被帶來北境的，又沒惹事端，你不讓我們離開，有些沒道理。」

長意聽著她的話，卻沒有第一時間回應她，那雙藍色的眼瞳靜靜打量著她，最後卻問了一個毫無關係的問題：「你有幾張臉？」

阿紀心頭一驚，面上卻不動聲色。

「四張啊。」她道。「四條尾巴四張臉。」

「四條尾巴？」長意眼眸微微一瞇。忽然間，他身側寒風驟起，阿紀感覺身側的冰雪凝成的冰錐霎時飄了起來，帶著巨大的殺氣直指向她。

猛烈的殺氣令阿紀的身體瞬間緊張了起來。出於對自己的保護，她血液裡的妖力與馭妖師之力幾乎在瞬間甦醒。

一旁的姬寧已被這殺氣嚇得面色蒼白，幾乎站不穩腳步。

阿紀與長意凝視著對方，忽然之間，冰錐一動，刺向阿紀。

「鏗」的一聲，冰錐被一層黑色的妖氣擋住，但還是刺入了那層保護之中。冰錐之尖只餘一絲的距離，便要刺破阿紀喉間的皮膚。

長意眸光一轉，看向阿紀身後。那處只有四條黑色的尾巴。

方才那一瞬間，他是以殺了阿紀為目的攻擊，電光石火間，根本沒有留時間讓阿紀思考。所以，除非阿紀不想活，否則在那一瞬間，她不會不盡全力防禦。

但，只有四條尾巴……

長意手一揮，冰錐化為雪簌簌而下，再次落在地上。

阿紀看著長意，似乎也被嚇到了，氣息還有幾分紊亂，臉色也白了幾分。

長意瞥了她一眼，邁步離開。

「等等。」身後傳來阿紀微微喘著氣的聲音。她道：「現在我們可以離開北境了吧？」

「不行。」

「為什麼？」阿紀不甘心。「你拘著我們，總得有個理由吧？」

「他是國師府的弟子，北境要拘著他，還需要什麼理由嗎？」

阿紀氣笑了，開始較起真來。

「他是國師府的弟子沒錯，我又不是，你拘著我總需要理由吧！」

她的話聽得後面的姬寧心頭一寒，只得微弱地道：「話也不能這麼說吧……」

但面前的兩人根本沒有搭理他。長意沉默片刻，只道：「你與國師府弟子在一起，形跡可疑，拘你，再正常不過。」

他邁步離開。

馬廄邊倏爾又圍過來好幾名墨衣人，大家都看著她，也不抓她，也不罵她，就監視她。

阿紀看著長意漸行漸遠的身影，又看看面前的墨衣人，嘴張了張，只得帶著姬寧在眾人的監視下又回到客棧。

到了客棧房間，姬寧才敢悄悄道：「為了逼出你到底有幾條尾巴，都差點把你殺了……這鮫人真是比國師還暴戾。」

阿紀瞥了姬寧一眼，沒有接話。

剛才鮫人的一擊，無論在誰看來，都是要殺了她的。畢竟從情理來說，她如果是他要找的人，那鮫人的那一擊，她一定能擋下，如果她不是，那殺了也無妨。

所以生與死真的只在一線之間，她只是賭了一把，最後賭贏了而已。

「說這些還有用嗎？」阿紀道。「想想之後還有什麼辦法能離開北境吧。」

明月當空，冰湖之上，銀髮人悄聲而立。片刻後，他卻是俯下身來，將掌心放在冰面上。他掌心藍色的法咒轉動，冰面之下，澄澈卻幽深的湖水之中微微泛起了一絲藍色的光芒，似乎是在遙遙回應著他。

他未踏入湖水之中，眼瞳卻似已穿透冰下的黑暗，看見了最下方冰封的那人。寒冰之中，靜躺著的人眉宇如昨，睫羽根根清晰，猶似能顫動著睜開雙眼。

像是被刺痛了心臟一般，長意手中術法猛地停歇。

這是他冰封紀雲禾以來第一次來看她。他閉上眼睛，單膝跪在冰面之上，山河無聲，他亦是一片死寂。

白雪在他肩頭覆了一層之後，他才呢喃一般地道：「不是妳……」

不知雪落了多久，幾乎要將他掩埋。便在此時，遠方倏爾傳來一陣腳步聲，驚動了宛如石像一般的長意。

長意轉頭，看向來人。

「空明。」

「去殿裡沒找到你，猜想你會在這兒，果然在。」

長意這才站了起來，身上的積雪落下。他問空明：「我以為你還要些時日才會從南邊回來。」

「沿路上中了寒霜之毒的孩子，我們能救的都救了，但沒有一個能完全治好。」空明搖搖頭，嘆道：「順德此舉引起滔天民憤，投奔北境的人越來越多，甚至動搖國本，大成國恐怕將亡矣。我想北境應該事務越發繁忙，便回來了。」

長意點頭，與他一同踏過湖上堅冰往回走。

路上，空明又道：「回來的路上，還聽到了一個有趣的消息。」

「什麼？」

「離開北境許久的青羽鸞鳥竟然去了南方的馭妖谷。」

長意一頓，而後道：「馭妖谷？她去馭妖谷做什麼？」

「這就沒人知道了。」空明道：「而今四方馭妖地的馭妖師多半降了北境，其他的四處流竄，國師府人手不足，再難控制如今局面。馭妖谷形同虛設，青羽鸞鳥而今竟以妖怪之身堂而皇之地住進了馭妖谷中。呵……」空明諷刺一笑。「或許，是想去研究研究困了自己百年的十方陣吧。」

長意沉思了片刻後道：「大國師呢？此前我們以青羽鸞鳥引大國師離開京師，可見他對青羽鸞鳥十分提防，而今既然你已知曉青羽鸞鳥在馭妖谷的消息，他勢必也知。他此次為何沒去？」

空明轉眸掃了長意一眼道：「順德的臉還沒完全治好，他不會去任何地方。」

長意沉默了片刻。「他的喜好實在古怪。」

「誰不是呢？」空明一瞥長意。「聽說，在北境人手不足的情況下，你還命人特意去盯著我送來北境的那隻狐妖？」

長意靜默不言。

「因為他與紀雲禾有幾分相似？」

長意看向空明。「你也如此認為？」

「黑色的狐妖本就不多，我雖然與他只有一面之交，但他的目光神情，著實會令我想起那麼一個人，恐怕也就洛錦桑這缺心眼的丫頭看不出來。但你也不用多想，我把過他的脈，只有妖氣，沒有馭妖師之力，他只是個普通的狐妖而已。」

「他會變幻之術。」

「變幻之術可變容貌，卻變不了體內血脈之氣。長意，你今日到這裡來，不就是想確認湖裡的人還在不在嗎？」

長意微微深吸一口氣，目光看向遠方。遠山覆雪，近處風聲蕭索，一如他聲色寂寥。

「對，她已經死了。」

*

阿紀在北境被困了幾日，愁得抱頭，本以為只能用四尾力量的她是擺脫不了北境監視的，但難題總是怕人動腦筋。

這日晌午，姬寧在桌邊埋頭苦吃，少年正處於長身體之時，吃得多，睡得香，看起來毫無煩憂。

阿紀卻對飯菜興致缺缺，自己的飯都給了姬寧。她打從心底不喜歡被人監視的感覺。她將所有的菜都推到了姬寧面前，自己走到了窗台邊發呆，而就是此刻，她忽見還覆著皚皚白雪的遠山，眉眼一動，心中陡生一計。

她跳了起來，將還在吃飯的姬寧拉過來。

「那邊！」她指著遠方的遠山。「沒有城門對吧？」

姬寧嚥下嘴裡的飯菜，望了一眼她手指的方向說：「北境苦寒地，再往北，荒無人煙，沒人去那裡，也沒人從那裡來，沒有城門吧？」

阿紀拍手道：「走走走。」

「去哪兒？」

阿紀回頭看了姬寧一眼，見少年一臉茫然，她沒細說，只道：「去爬山，鍛鍊身體。」

姬寧眼巴巴地望了眼遠方的雪山說：「現在？我飯還沒吃完……」

「回來再吃。」說完，她拉著姬寧便出門了，沒帶行李，好似真的只是出去玩玩。

阿紀方才出客棧，便看見身後跟了兩個墨衣人，她只當什麼都沒看見，一路向北走去。

直到快走出北境城的地界，身後兩名墨衣人覺得奇怪，對視一眼後一同走上前來，攔住阿紀與姬寧。

「二位，不得再往前了。」

「又怎麼了？」阿紀問。

「前方……」答話的人頓了頓，看著前方一片茫茫雪原，一時沒找到阻攔的理由。

阿紀便趁此機會接過了話頭道：「前面出城門了嗎？不是北境地界嗎？我們吃了飯想出來走走，爬個山，賞賞雪，這也不行？你們北境還講不講道理了？」

她的這番話將兩個墨衣人問得啞口無言，兩人愣怔了片刻，阿紀便繼續拽著姬寧往前走。

他們一路往雪山上爬，冰天雪地裡，姬寧爬得都熱了。他抹了抹額頭的汗，回頭一望，北境城、馭妖台盡在眼下，而前方阿紀還是不知疲憊地繼續爬著，後面的墨衣人也默不作聲繼續跟著。

「阿紀，我們還要爬多久呀？」姬寧揚聲問：「我看馬上要到山頂了。」

「上去歇歇，就下山吧。」前面阿紀頭也不回地答道。

身後的墨衣人聽了也稍稍鬆了口氣，卻在他們鬆懈的這一瞬間，寒風颳過，一道黑氣倏爾飄到兩人身後，兩人登時警覺，立即往身後一望，但還沒來得及動作，便立即被重物擊中了後腦勺。兩人眼前一黑，腳一軟，眼看就要往雪山下滾，黑氣卻登時化形為實，將兩人拉住，讓他們在雪地裡躺了下來。

阿紀背後的尾巴晃著，姬寧震驚地看著她道：「五……五條？」

從三條尾巴變成五條尾巴，阿紀再難維持自己的三尾男兒身，登時化為一個少女。這是她最接近本體的一張臉，但只出現了一瞬，她又變回了三條尾巴。

「你到底……到底有幾條尾巴……」饒是姬寧也忍不住發出這般疑問。

「重要嗎？」阿紀往下走，對姬寧伸出手。「走了，咱們從這兒繞著飛，從雪山上飛過，再去南……」她話還沒說完，伸去拉姬寧的手還沒碰到他的衣襟，卻倏爾被另一隻手打掉。

她一愣，面前黑影一閃，頭髮與雪同色的鮫人立在她身前，將身後的姬寧完全擋住了。

姬寧腿軟，往雪地裡一坐，差點沒從坡上滾下去。

「你剛才的臉……」面前的鮫人一把揪住她的下巴，將她拉到身前。「變出來。」

阿紀嘴角微微一動，一句「怎麼到哪兒都有你？」脫口而出。

她狠狠掙脫，又道：「你開天眼盯著我嗎？」

鮫人沒回答她，而摔倒在地的姬寧卻看見倒在地上的兩人手中捏著一個小球，小球已經破裂。

「這……」竟是兩人在遇襲的瞬間捏碎了手中的球，通知了長意。

阿紀的惱怒並未維持多久，長意一手再次捏上阿紀的臉，幾乎要將她這張臉捏得變形。

「變出來！」

被監視、囚禁多日，阿紀早在心中積了一團怒火，此時長意的無禮徑直引爆了她心頭的火，她狠狠一巴掌將長意的手從自己臉上打掉，道：「好！」

「呼！」的一聲，阿紀身後陡然出現五條黑色的尾巴，尾巴隨風而動。「給你看！」

說著，她沒再吝惜力氣，手中掌心凝聚法力，一掌拍在長意心口，口中還怒叱：「滿意了嗎！」

長意在恍然間見到這張與紀雲禾相似的臉，愣神了那麼一瞬間，沒有提防阿紀的這一掌，生生挨下這一擊。

掌風蕩出，將四周積雪都震開。但長意紋絲不動，他站在阿紀面前，任由她的手掌打在自己胸口，而他的手，卻放在她的臉上。

他看著她，藍色的眼瞳中光華流轉，那目光似哀似痛，看得盛怒中的阿紀都有些愣神。

到底是什麼樣的故事？

阿紀不止一次對過去的自己感到好奇，但從沒有哪一刻如此刻一般。她望進他的目光，心頭好似有一隻手在拽著她的心尖問她——到底要經歷什麼樣的故事，才能讓一個人擁有這樣的眼神？

良久，卻是長意率先放下了手，而阿紀欲出口的問題在嘴邊兜了幾個圈，最終不過轉出了一句——

「姬寧，我們回去。」

她想，反正鮫人來了，他們今天必定也走不了。

「站住。」長意轉身，看著準備下山的阿紀。「為什麼隱瞞？」

他是在問——前幾天他使了殺招，但她沒有露出五條尾巴，她為什麼要隱瞞？

阿紀回頭，面不改色地道：「沒有隱瞞，我只是認為四條尾巴足夠應付了。」阿紀說罷，帶著姬寧要下山，一邊走，嘴裡一邊不服氣地唸叨：「出來走走，看看景色多好，老憋在屋子裡，別管是妖怪還是人，脾性都會變得古怪，愛關著自己還愛把別人關著，也不知道是哪來的癖好。」

她的話聽得姬寧額上冷汗直流。

姬寧不由得回頭看了一眼長意，但長意還是那張冷臉，好似什麼情緒都沒有，卻接著道：「好，走走。」

三個字，讓前面四條腿停了下來。

阿紀以為自己聽錯了，轉頭看了看姬寧，姬寧也以為自己聽錯了，詢問一般看向阿紀，隨後兩人一同轉頭望向長意。

長意也盯著他們道：「一起走。」

姬寧將手默默從阿紀手裡抽了出來，道：「我可以自己回去，我保證不亂跑，或者我幫你們把這兩個軍士扛回去，我還是滿有力氣……」

「好。」長意瞥了姬寧一眼。「不要動歪腦筋。」

姬寧渾身一怵，道：「不動，不動。」

他用馭妖師的術法將兩個軍士扛起，帶著他們步履蹣跚地往山下而去。

冰天雪地裡，只剩長意與阿紀兩人面面相覷。

阿紀問長意：「我和你有什麼好一起走的？」

「妳走前面。」長意根本沒有給阿紀更多說話的機會。

形勢比人強，阿紀嘆息一聲，咬咬牙，只得埋頭往前走。她像個被流放的犯人，在前面走著，一回頭，長意便在她身後不聲不響地跟著。她走快，他便走快；她走慢，他也走慢，但她從來沒見過哪個押送犯人的衙役，臉上會有這樣的神情。

他好似就是想看著她，看著她的背影，然後去追憶一些根本回不來的過去，抓住一些虛無縹緲的——

恰似故人歸……

*

一路自風雪中走過，行入人跡罕至的大雪山裡，阿紀沒有停，長意便也不叫她停下。好像她就這樣一路走到南方，他也不會多說一句話。

從荒蕪的山頭一路走到低窪處，四周開始有了被冰雪覆蓋的枯木，阿紀走得腳都有些累，身後的人還是不發一語。

「你沒事要忙嗎？」阿紀偷偷瞥了長意一眼。「我不是趕你走，我是怕耽誤你的時間。也閒逛好一會兒了，不如我們回去吧？」

「再走一會兒。」

一句冷漠的回答讓阿紀只得依言繼續往前走。

她閒著無聊，路過一棵樹的時候便隨手晃了一下，樹枝上的積雪抖落下來，她晃完就走，那些雪沒有半點落到她身上，反而盡數落在身後的長意頭上、肩上。

他沒有躲，所以阿紀回頭的時候，看見的便是身上落滿了雪的冷臉人。

阿紀與長意四目相接，對視片刻，阿紀沒忍住，笑了出來：「尊主，我真不是故意的，誰知道你本事那麼高，卻連積雪都沒躲過。」

長意冷著臉拍了拍肩上的雪，一轉眼眸，看見的便是阿紀滿帶笑意的臉，暗藏三分狡黠。

他一愣，目光隨即柔軟下來。記憶中的人很少在他面前這樣笑，但想來，她開心起來的樣子，應該也與眼前人相差無幾。

但見長意的目光又變得深邃，似在追憶，阿紀的笑變得有些尷尬。不知道這個鮫人又透過她在看些什麼。她揉了揉臉，繼續轉身向前。

「尊主，你還想走多久啊？我真不想走了，我想回客棧。」

「再走一會兒。」

還是這句話。

阿紀嘆了一聲氣，扭頭繼續向前，又走了一會兒之後說：「一會兒過了，回去吧！大爺？」

「繼續。」

阿紀忍無可忍，一扭頭，盯著長意，一看見長意的冷臉，「打不過他」四個大字就出現在阿紀腦海裡。她想著連日來被監視的狀況，還有今日這莫名的逼迫，心中覺得委屈又憤怒，當即盤腿往地上一坐，仰著脖子看著長意道：「我不走了。」她破罐破摔地抱起手。「不走了。」

長意看著雪地裡的阿紀道：「行，那坐會兒吧。」

言罷，他一撩衣襬，竟然也盤腿坐了下來，雙眼輕輕一閉，竟是要就地打坐。

阿紀驚得一愣，不敢置信地盯著長意。

這鮫人……

這鮫人竟是這麼倔的鮫人？可謂是有些厚顏無恥了……

阿紀看看四周，忽見雪林深處有一股白氣裊裊升起。方才一路走來她便看到了，只是沒有放在心上，而現在走近了，嗅到了幾分遠遠傳來的味道，她道：「行，你坐，我坐這兒冷，那邊有溫泉，我去泡一泡。」

阿紀站起身來。

長意睜眼看她。阿紀搶在長意說話前開口道：「這溫泉，尊主可是要來與我一起泡泡，放鬆放鬆？」

她大膽邀約，長意一愣，轉過頭，垂下眼眸說：「妳自己去。」

阿紀聞言，一勾唇角，懂了。

原來……也不過如此嘛。

阿紀一邊往那溫泉走，一邊將外面的袍子一脫，就地一扔，頭也不回地往前走。長意微微側目，目光瞥了一眼她放在地上的袍子，那一小塊地便好似成了一條界線，讓他不得踏過。

阿紀往雪林裡面走，聽著身後果然沒有長意的腳步聲，心中覺得有趣。早知這鮫人對男女大防一事如此介懷，她早該用這招來收拾他的。

不過今日她是沒打算再跑了，她能想到，一旦鮫人知道她沒有脫光衣服下溫泉，反而要御風而走，那她是無論如何也走不了的，不如就當真在此處放鬆放鬆吧。

阿紀破開水霧走了過去，但見一片雪地裡，有兩三個低窪地蓄積了溫泉水，三個池子都冒著熱氣，讓人看著就覺得暖和。阿紀一個個地摸了水溫，挑了最喜歡的一個，將身上其他衣服褪去，摸著石頭坐下。

一聲舒暢的喟嘆自口中發出，阿紀仰頭靠在旁邊的石頭上，整個身體都放鬆地漂在水裡。

「尊主！」這雪林寂靜，她篤信鮫人能聽到這邊的動靜。「我泡在水裡可舒服了，這兒還有幾個池子，你當真不來？」

她知道鮫人絕對不會來的，所以她故意說這話給他聽，好教那鮫人也鬧鬧心。「不泡也行，你那兒坐著冷吧，要不你自個兒在林子裡走走？你不是喜歡走嗎？」

阿紀挖苦他挖苦得十分暢快，心情一時大好，腳在水底晃動著。

忽然間，但聽「咕咚」兩聲，從下方冒了幾個氣泡上來，阿紀一開始以為是自己雙腿晃出的氣泡，但接下來，氣泡越來越多，讓阿紀停下了動作。

「咕咚咕咚」。氣泡不停翻湧，水溫也緊跟著變高，霎時燙得像要把她涮熟一樣。阿紀一聲驚呼，立即從水裡跳起來，在雪地裡跳了兩下，渾身皮膚已經被燙得紅腫不堪。

她立即撿起衣服，一邊穿一邊叱道：「你這鮫人！不講理！心裡不開心也不能直接把我煮了啊！」

「怎麼了？」外面傳來鮫人詢問的聲音，聲音不大，但足以讓阿紀聽清楚。

阿紀將裡衣繫好，還沒來得及說下一句話，忽然間「轟」的一聲，她方才還在裡面泡的溫泉突然沖天而起，冒了老高，炙熱的水衝上天，又變成雨點窸窸窣窣落下，將阿紀剛穿好的衣服霎時淋溼。

白色的裡衣貼在她身上，寒風一吹，將她吹得瑟瑟發抖。

正適時，雪林外傳來腳步聲，阿紀知曉來人是誰，一時也顧不得冷，連忙將另外一件衣服往身上裹，說：「別別別！」

她眼角餘光看見黑袍人走了過來，手抖著還沒將另一件衣服穿好，她脫在外面的大袍子便從天而降，將她蓋住。她慌亂地穿好中衣，又套好自己的大袍子，將自己裹得嚴實了，才看了長意一眼。

長意的目光根本沒有落在她身上，他說：「妳也沒那麼大方。」

一句話將阿紀方才那些泡在池子裡的悠然揶揄都還了回去。

阿紀忍著怒火，掐了個訣，令周身發熱，將自己溼透的裡衣烘乾，隨後轉頭瞪著他說：「你這鮫人心眼太小！自己泡不了就把池子燒了！」

長意瞥了阿紀一眼道：「不是我。」言罷，他看向阿紀方才所泡的溫泉池，阿紀也轉頭看去，登時一愣。

方才的泉水盡數噴出之後，池子裡僅剩的一點水也被高溫燒乾，煙霧成了黑色，下方的氣味漸漸變得刺鼻，讓人難以忍受。不一會兒，漆黑的池子下微微裂了一條縫隙，裡面鮮紅灼目的熔岩翻滾，一閃而過。

阿紀眨了一下眼。

「我竟在這池子裡泡過澡……」

大地倏爾一動，阿紀與長意的身形都跟著一晃。忽然間，不遠處的雪山之巔，皚皚積雪悄無聲息地坍塌而下，越往下滾，漸起聲響，竟是……雪崩了……

但這山間雪崩，大雪只會覆蓋雪林，不會危害山下馭妖台。長意提著阿紀的袍子，縱身一躍，立時離地而起。

兩人躍至空中，方覺形勢不妙……

「這是什麼……」阿紀問。

下方阿紀剛泡過溫泉的地方，時不時有紅光湧動，但兩人在地面上時卻不知此事。此時，在雪林阻隔數十丈外的地方，雪地裡彷彿被人砍了一道鮮紅的疤，岩漿在地下翻滾，蜿蜒流出，阿紀所待的池子，不過是這綿延疤痕的延伸。

「此前北境有這個？」阿紀震驚。「你知不知道？」

長意眉頭微微蹙緊。

「不知。」他目光轉動，落在阿紀身上。「此前，北境也沒有岩漿。」

「那……難道是我泡了澡……卻把大地泡裂了？」阿紀不敢置信。「我這麼厲害？」

長意盯著她道：「我也不知妳這般厲害。」

＊

雪山之上的雪覆蓋而下，一時之間，白雪騰飛，似厚雲一般，將那片雪林蓋住，但緊接著，白雪就被下方的岩漿融化了。

鮮紅的熔岩翻湧更甚，阿紀轉頭遙遙望去，這山坳之處往前綿延，還有數里的長度，皆有黑煙冒出。山間震顫，雪崩不斷，如此動靜越來越嚴重，再這樣下去，山崩地裂，山下的北境城與馭妖台怕是難逃一劫。

而此時有那麼多逃亡而來的人住在北境城中……

阿紀神色變得嚴肅，她道：「北境為何突然如此？可是朝廷做的手腳？」

「山河之力，怕是大國師也難以操控，這也並非普通熔岩。」

「熔岩還有普通不普通的說法？」

「海外仙島，有名雷火，島上唯有一座通天之山，山口常年湧出炙熱岩漿，岩漿豔紅，勝似鮮血，傳聞雷火熔岩乃因地獄業火而成，可灼世間萬物。」

阿紀聽得愣神。

「這是哪兒的傳說，你在什麼地方聽到的？」

「海裡。」他答了兩個字，沒再說其他話，拎著阿紀往前御風而去。他速度很快，比阿紀自己御風要快很多，寒冷的風颳在臉上，阿紀垂頭看了看鮫人的腿，隨後又抬頭，看著鮫人美得過分的側臉，終於忍不住問：

「聽說你以前有一條十分漂亮的大尾巴，所以順德公主才想抓你。」

長意聽到這話，卻當沒有聽到一般，連一個眼神都沒有轉過來。

「順德公主毀了多少人？」

「她最後，一定會付出代價。」

長意帶著阿紀沿著熔岩裂縫飛了沒一會兒，終是在空中一處停住了身形。在他們下方，原來或許是個山間小潭的地方，此時正咕嚕咕嚕往外冒著鮮紅的岩漿，看起來宛似血液，駭人至極。

而更可怕的是，自這岩漿潭越過一座山頭，下方便是北境城的城門。也就是說，如果岩漿在此處爆發，很可能會毀掉下面的北境城。

這些岩漿有的滲入土地中，一直蜿蜒流到他們來時的地方，有的則在地表流淌而過，在雪山裡劃出一道道觸目驚心的痕跡。巍峨的大山此時也被這熔岩之力震顫著，四周的白雪已盡數被灼燒乾淨，露出了一片焦黑的山體。

「怎會如此嚴重？」阿紀大驚。「北境此前卻也沒人發現？」

「定是不久前才出現的。此處或許與海外雷火島同屬一脈，之前沒有露出來罷了。」長意道：「妳回北境，找到空明，告訴他，讓馭妖師與妖怪們帶著百姓暫離北境城。」

「往哪裡去？」阿紀心急。「再往北，人跡罕至，寒冷難耐，馭妖師與妖怪尚且能忍，普通人如何自保？還有這麼多人，離開北境城，糧食撐不過半個月，到時候，朝廷不找你麻煩，北境也散了。」

長意瞥了她一眼，道：「我沒要他們完全離開北境。只是暫時的。」

「暫時？」阿紀望著他。「你留在這裡要做什麼……」

她看著長意堅決的目光，猜道：「你想將這即將爆發的熔岩壓制住？等這熔岩自行退去了，你再讓人們回到北境？」

長意並沒有否認。

阿紀瞪大眼看著長意，搖搖頭說：「你這鮫人瘋了不成？你方才也說了，山河之力，便是那朝廷的大國師也沒有辦法阻止，你又憑什麼？」

「我會在此處設立一道屏障，待下方熔岩噴濺殆盡便撤去。」

「說得容易！要以一人之力在天災當中護一座城，你……」話音未落，下方熔岩「轟」的一聲巨響，噴濺出一柱熾熱的岩漿，岩漿直飛沖天，而後凝成滾燙的熔岩往四周散去。

長意手中結印，四周冰雪倏爾聚攏而起，化成一道屏障，將噴濺到他們這方來的岩漿盡數擋住。

長意擅長操縱水，這千山之間皆是皚皚白雪，取之不盡，用之不竭，正好為他圖了方便。

白雪不停在他面前凝聚，屏障越來越大，與這千山之雪相比，顯得他這個施術人是如此渺小。

「快走。」

見他如此堅決，阿紀一咬牙，再不敢耽擱，轉頭便向馭妖台而去。

她飛過北境城城池之上，街上已有不少百姓看到了山間動靜，熔岩爆發使大地震顫，群山皆是雪崩不斷，而崩下的白雪並未落下，被操控著彙聚成了一道巨大的牆，擋在熔岩與北境城之間。

馭妖台的守衛們本欲擒她，卻被她一招擋開。

「你們尊主派我前來！空明在何處！」守衛們面面相覷，此時遠方倏爾傳來一聲轟隆巨響。遠山之間，那熔岩猛烈撞擊在那雪牆之上，終於在雪牆上撞出一大塊黑色，宛如墨汁點入水中，但並未撞破雪牆。

阿紀更是心急地道：「空明在何處！」

「何事喧鬧？」空明自側殿踏出。

阿紀立即上前說：「北境之外，山上熔岩爆發，鮫人正以一己之力抵擋，不讓熔岩毀掉北境城。以防萬一，你馬上著人帶百姓們出城。」她吩咐完了鮫人交代的話。

空明詫然道：「熔岩爆發？他以一己之力抵擋？」

「他要獨力抵擋，但自然不能如此。你遣百名會水系術法的人與我前來，助鮫人一臂之力。」

她話音剛落，空明還未來得及吩咐，旁邊立即便有軍士抱拳道：「屬下會水系術法！願助尊主一臂之力！」

「屬下也會！」

「屬下請命！」

阿紀看了一眼四周，請命之人，有妖怪也有馭妖師，不知為何，在北境看到這樣的一幕，阿紀倏爾心頭湧起一股難言的激動。馭妖師與妖怪有著數代仇恨，在她的記憶當中，她沒有經歷過這樣的事，但在她靈魂深處，卻好似對現在的場景已經渴求了千百遍一樣。

阿紀點頭道：「人手夠了，在此處集合，我們都去幫他。」

第二十二章　最是情深留不住

北境的效率驚人的高，或許正因為大家都是從苦難之中走出來的，於是當苦難再臨，他們便能以最快的速度拾起自己求生的本能。空明已經開始安排百姓往城外撤走了。

而一百名會水系術法的人也很快在阿紀面前集結。

「諸位，熾熱岩漿在山坳之中，尊主以術法凝結雪牆於北境與山坳之間，令噴濺岩漿無法毀壞北境城。岩漿熾熱，大家功法不比尊主，是以千萬小心，切莫冒進，我們此去，並非代替尊主抵禦熔岩，而是幫助他更好地保護北境。」

「是！」

阿紀御風而起，百人跟在她身後，向雪牆而去。

而在雪牆之前，墨衣人的頭髮與衣袂被風聲撕扯，他耳邊除了風聲，什麼聲音都聽不到。

要維繫如此大的雪牆，抵禦源源不絕噴濺而出的岩漿，長意一刻都不能放鬆。他將自己的妖力盡數灌注於面前的雪牆之中，灼熱的氣息與撞擊的壓力無不令他感到劇烈疼痛。

他閉著眼，在極致的吵鬧之中，好似又走入了極致的寂靜當中，彷彿到了那湖水裡的冰封之人身側。

長意知道，天地之力，何其強大，他此舉九死一生，但其實，在他內心深處某個最陰暗的縫隙裡，他在期待著死亡到來的那一刻。

「轟隆」一聲，下方熔岩猛烈爆發，沖上空中，向長意所在的雪牆撲來。冰雪與岩漿交雜之間，無數水氣蒸騰而起，水氣的溫度也足以傷人。

長意半分未退，只將更多妖力灌注其中，四面八方冰雪更加快速地凝聚，哪曾想，先前被岩漿濺上的雪牆還未來得及修復，又是一股灼熱氣息撲來，兩塊細碎的熔岩穿過雪牆，驟降的溫度令熔岩化為堅硬且鋒利的石頭，一塊擦破長意的臉頰，另一塊正中了長意心口。

長意只覺氣息一亂，四周雪牆險些坍塌。他壓住心口翻湧的灼熱血氣，勉力支撐之際，忽然長風一起，一股清涼的感覺從身後傳來。

長意冰藍色的眼瞳微微往後一轉，而後……慢慢睜大。

一百多個穿著北境軍士服飾的人從身後趕來，他們手中凝聚了法力，法力的光華如同線一般連向面前的雪牆，一條一條，他們以個人之力，幫長意支撐著這面巨大的牆。

他們站在長意身後，浮在空中，竭自己之力，幫長意扛住下方岩漿最劇烈的一次噴濺。

長意藍色的眼瞳微微一動，但見黑髮少女從軍士身後御風而來。她指揮完最後一個軍士，飛到了雪牆上端，支撐雪牆最上面的位置。

少女面容與紀雲禾有三分相似，而那神情，更是與紀雲禾如出一轍。

「這忽冷忽熱，真是讓人難受至極，味道還如此難聞……」她憂心地看向長意。「其他軍士都去幫助百姓們撤離了，我只能叫來這麼多會水系術法的人。」

她叫的……

阿紀正說著，忽然間，腳下雪山一陣劇烈顫動，岩漿再次沖天而起！雪牆被砸得不停晃動，數百人齊齊受了洶湧一擊，有人心脈受損，再難御風，身子脫力向下墜。

阿紀看見，當即身形一動，從空中追下，還未來得及將那人抱起，那人卻被另外一人接住。阿紀抬頭一看，來人竟然是盧瑾炎。

「老子也來！」在盧瑾炎身後，蛇妖飛身上前，在空中飄蕩的尾巴狠狠抽了一下盧瑾炎的後腦勺。「喲，尾巴滑了一下，對不起啊。」

「你他娘的故意的！給老子等著！」

阿紀驚訝地看著兩人，而跟隨在兩人身後來的，還有數以千計的人。

有馭妖師，有妖怪，有北境的軍士，有還未入北境軍隊的人……全都盡數趕來。會水系術法的已經頂替上去，而不會水系術法的人，則將自己的力量傳給了擁有水系術法的人。

「這座城是老子們的！」盧瑾炎大喊著。「不要隨便把火球丟到老子們家裡來！」

眾人一聲高喝，呼應之聲似可動山河。

阿紀的目光掃過眾人，最後落在最中間那個黑色的背影上。她飛身上前，停在長意身邊。她欲伸出手去，將自己的力量傳給長意，但掌心挨上他後背的一瞬間，阿紀卻倏爾遲疑了一瞬。

林昊青嚴肅的神情在腦海中浮現。

她其實一直在猜想，如果鮫人知道了她就是他要找的人，會如何？她又要如何去面對鮫人？她……根本沒有以前的記憶呀。要是以前的她和現在的她完全不一樣，那她又該如何與這鮫人相處？

而便是在這愣神的剎那，大地猛烈顫動，頻率極高，四周熱氣翻湧，眾人察覺不妙，凝神聚氣間，一聲極為低沉的轟鳴從山下傳出。那岩漿竟不再噴濺而出，而是徑直將山體燒穿，本被困在山坳裡的岩漿，霎時順著山體緩慢流下。

北境的城門便正好在岩漿即將流經的路途上！那裡還有大批準備撤出城門的百姓！岩漿血紅，似沸騰的血液，空中的人們頓時大驚。

長意是最先反應過來的一個。他立即收了術法，阿紀也立刻對他的意思心領神會，衝著空中大喊：「撤術法！讓雪牆掉下去！攔住岩漿！」她聲音中帶有妖力，傳入每個人耳朵，眾人依言撤手。

巨大的雪牆宛如一塊布幕從天而落，截斷岩漿的去路。

升騰而起的灼熱水氣讓空中的每個人都猶如身處蒸籠，甚至不得不以術法護身。

但就在眾人還在空中等待水氣散去，想看下方岩漿有沒有被截斷的時候，長意身形一轉，便已經追了下去。

「去下方攔。」他留下了四字。

他一動，反應快的人立即追隨他而去，不一會兒，空中的人便也跟隨而下。

穿過層層灼熱的白氣，鮮紅的岩漿再次出現在眾人面前。

它們緩慢流動著，前方的岩漿遇冷，有的凝聚成形，有的漫過前方的岩石，繼續向前。

長意在山下阻攔，他咬破自己的拇指，以血為祭，結印而起，無數冰錐從地中拔地而起，交錯之間，阻攔熔岩繼續前進。長意最後結了一塊厚重的冰牆，立在自己身前，他手中法力維繫著這冰牆，令其越升越高，似要將熔岩再次完全攔住。

明白他的意思，身後的人盡數將法力灌注於冰牆之中。

但岩漿太多了。岩漿在冰牆上慢慢堆積，最下層的岩漿凝聚成了石頭，上面的岩漿不停灼燒。不說阻止岩漿，便說這冰牆加上這些石頭的重量，也會讓下面支撐的人感到越來越疲憊。

攔不住的……

阿紀在空中左右一望，忽然看見馭妖台北方，有一座堅冰圍繞的湖心島。

她當即靈機一動，堵不如疏。借山河以對山河之力，不是正好？只要將岩漿引入那湖水之中，偌大一片湖，還不夠盛這岩漿嗎？

她立即飛身而下，落到長意身側說：「快！將你的冰牆往馭妖台北方延伸過去。那裡有湖！湖裡正好可以容納岩漿！正好可以繞過北境城！」

長意聞言，倏然一愣，轉頭望向阿紀。

阿紀不明所以地道：「快啊！」

長意未動，仍舊死撐著頭頂的重壓。這情境，一如他的心境。

阿紀在他耳邊怒叱，而另一邊，他彷彿已經來到了那幽深的湖底。湖水之中，紀雲禾安好地躺在湖底，這外界的紛爭，一切的一切，都與她毫無關係……

長意感覺心頭一陣悲慟，他睜開眼，冰藍色的眼瞳不再清晰。他眼眶赤紅，牙關緊咬。只聽他一聲低喝，手中法力甩出，冰牆延伸出去，繞著山體，成了個管道一般的弧度，引著岩漿往那冰湖去。

「放了我吧，長意。」耳邊，似乎還有那人的嘆息。「放了我吧。」

對，紀雲禾，他馬上就要放了她。

生也留不住，死……

也留不住。

心生心死，情淡情深，都留不住。

*

巨大的冰牆沿著蜿蜒山體向前而去。

黑色的人影在山河之間如此渺小，但如此渺小的他卻能與山河相抗。

冰牆向前延伸，有的地方因為地形而不得不使冰稀薄了些許。後面有人看懂了長意的意圖，立即跟上，將稀薄之處撐了起來。長意一路向前，身後的冰牆猶如他徒手造的長城，而每個冰層稀薄的地方則像是一個烽火台，被留下的人守護著。

岩漿順著冰牆流淌而走，所行之處，觸碰冰牆，鋪就一層黑色的岩石，猩紅液體在上面翻滾，低沉的轟鳴聲不絕於耳。

阿紀一直御風趕在長意前方，她在幫長意探明地形，引導長意以最短的路途到達冰湖。將岩漿繞過北境引入冰湖，說著簡單，但沿路鋪就如此多的冰牆，究竟需要多少妖力，阿紀難以估量。她現在只擔心長意堅持不到那時……

她回頭看了長意一眼，在他臉上卻找不到任何異常。她咬牙，繼續向前。

眼看著冰湖將近，背後的冰牆也跟著延伸而來，阿紀率先一躍而起，身後五條尾巴霎時張開，她握掌為拳，一拳擊破湖面堅冰，冰牆也順勢接入湖水，滾燙的岩漿登時流入湖中，冰水立即被燒得沸騰起來。

在岩漿的衝擊下，無人看見的湖底變得一片混亂，紀雲禾被冰封的屍身靜躺之處也終於起了波瀾，湖底沉積千年的淤泥被突如其來的岩漿擊起，力道之大，激盪湖水，登時將封著紀雲禾屍身的冰塊震盪而起。

而胡亂竄入湖底的岩漿並未就此停止，有的岩漿變成了石頭，有的還是鮮紅的液體，那冰封之「棺」被激盪的湖水裹挾著，一會兒撞在堅石之上，一會兒落在湖底，倏爾又被推拉而起，終於，一道鮮紅的熔岩將她吞沒，徹底吞沒……

湖面之上，隨著源源不斷的岩漿淌入，圍繞著湖心島的冰湖下方冒出暗紅的光，湖水沸騰，變得一片渾濁，湖上一塊近半年沒有化過的堅冰不一會兒便盡數融化。

阿紀身影一躍，跳到岸邊。

回頭一望，但見過來的路上，冰牆猶在，每隔不遠的距離便有人守護著冰牆，以保證冰牆不塌。

而在離阿紀十來丈的距離，鮫人也靜默地站在岸邊。此時，整個北境都被岩漿灼燒得猶似在煉獄火中，而只有長意，只有他，呼出重重寒氣，衣襟裡、脖子上幾乎被寒冰鎖住，霜雪結在他的臉上，令他看起來有幾分可怕。

這個鮫人……術法施用過度……

忽然，他好似心口一疼，彎下身來。

這個高傲得像是從來不會低頭的人似乎再也忍不住這疼痛了一樣，捂著心口，單膝跪地，方才還被寒冰束縛的身體，一瞬間又變得通紅，好像被這熔岩灼燒了似的。

阿紀不知道他怎麼了，正要過去看他，忽然聽到空中有人驚呼。

阿紀仰頭一望，是長意的身體出了狀況之後，山體之上他施術而成的冰牆也受到了影響，冰層本就稀薄的地方得注入更多的法力去守護。而更可怕的是，在長意頭頂上方，冰牆入湖的末端陡然斷裂！

赤紅的岩漿順著冰牆傾倒而下，徑直撲向長意！

長意渾身極冷極熱交替來襲，一半是施術過度帶來的負擔，一半是湖底……紀雲禾的屍身正在經受灼燒之苦給他帶來的感同身受。

紀雲禾已經什麼都感覺不到了，她將在這一次的浩劫當中，徹底被天地之力帶走，被這岩漿融化。她會消失，或許會成為一滴水、一陣風，或許……什麼也不會留下……

長意心頭巨痛，卻不是因為這冷熱。

此時，他自餘光看見，灼熱赤紅的岩漿從他頭頂傾倒而下。

他轉頭，迎面向著赤紅的光，火光落在他臉上，驅逐了他周身冰冷，好似那遠在天邊的太陽忽然來到了咫尺之間，將要把他吞沒。

來吧。

他沒什麼好怕的。

他用所有力量護住了這北境城，他終究沒有變成像大國師那樣的人，要以天下給一人送葬。

如此……

若真有黃泉，還能相見，他在飲那忘川水前，也不懼見紀雲禾最後一面……

恍惚間，在極熱之中，一道人影忽然攔在了他與那吞天「赤日」之間。

黑氣如絲，四處飛散，攔住極致的灼熱，她的身影瘦弱而強大，身後九條沒有實體的狐尾飄舞晃動，她的影子在耀目光芒的拉扯下如此斑駁，但又如此清晰。

岩漿傾倒而來，將兩人裹在其中，身側皆是紅如血液的光，只有她竭力撐出的黑色結界阻擋了奪命的灼熱。

「讓你跑……嗓子都喊破了……」她奮力撐起在岩漿中護住兩人的結界，咬牙切齒地轉過頭來，黑色眼瞳被點了紅光。「你怎麼就一個字都沒聽見！」

看著她的側臉，長意愣怔地直起了背脊。

那冰藍色的眼瞳呆呆地盯住了面前的人，滿目不敢置信。

阿紀奮力撐著結界，但如此近距離地接觸雷火岩漿，這灼熱已經超乎她的想像，不過片刻，岩漿便在她的結界上燒了一個洞，灼熱的氣息好似一柄槍，徑直刺在她的心口上。

阿紀感覺心頭一痛，一聲悶哼，後退兩步，撐住結界的手開始有些顫抖起來。她再用妖力，心口疼痛更甚，火燒火燎，幾乎要從她的心臟順著她的血管，燒遍她全身。

但她不能不撐住，鮫人已經竭盡全力救下了一城的人，她總該竭盡全力，將這樣的一個人救下吧……

阿紀咬牙，渾身妖力大開，她不顧心頭的疼痛，將所有妖力灌注在結界之中，另一隻手掐了個訣，那卻是馭妖師的術法。她沒有去管身後的長意看見她這道術法的感想是什麼，也根本無暇顧及這麼多。

她轉身，拉住身後長意的手。觸碰到他，阿紀才發現，這個鮫人的身體竟是忽冷忽熱。剛才那一路，必定已經耗光了他所有力氣。

她看著單膝跪在地上的鮫人說：「我不確定能不能衝出去，只能盡力一搏。」她對長意道：「你願意把命交給我嗎？」

而她得到的回應是——長意緊緊握住了她的手。

忽然間，阿紀腦海中莫名出現了一道畫面，是她拉著這個鮫人，仰頭倒下，墜入一個黑色的水潭裡，彷彿還有強烈的失重感，告訴她這件事是真實發生過。

阿紀回神，正要施加術法，忽然間，周遭妖力凝成的結界被灼熱的氣息撕裂，滾燙的岩漿瞬間擠入狹小的結界之中。阿紀當即沒有多想，徑直一把將長意抱住……

心口間的灼燒之氣更加濃烈，讓阿紀宛如身在煉獄，一幕幕看起來毫無連繫的畫面接二連三湧入她的腦海，有鮫人漂亮的大尾巴，有被囚在玄鐵牢籠裡的鮫人，還有小屋裡鮫人投在屏風上的背影。雖說毫無連繫，但畫面裡的都是她與鮫人。

但最後，留在她眼前的卻是那月夜之下，懸崖之上，她將一把寒劍刺入鮫人心頭的畫面。他幽藍的眼瞳裡，滿是她的殺意決絕。

而這一劍，卻好似扎在了阿紀身上一樣，讓阿紀心頭一陣銳痛。

「果然是仇人。」阿紀擋在長意身上，背後的灼熱似乎已經將她的感官燒得麻木，她只呢喃著：「果然是仇人……」

但這個仇人……

她為什麼及至現在，卻連一絲一毫的恨意都沒有？

世界陷入黑暗，她想，她或許快要死在這滾滾岩漿之中了吧……

想想還是有點可惜的，若是能全部想起來，就好了……

當空明帶著人鑿開了一層又一層黑色的岩石，發現下方的長意時，他正在一個堅冰鑄造的半圓冰球之中。

黑袍的鮫人一頭銀髮已被染成灰白相間，顯得髒汙不堪，而他懷裡卻好好地抱著一個毫髮無損的女子。長意的銀髮遮住了那人的容顏，讓空明看不清楚，但不管這女子是誰，空明確定長意還活著，便也放下了心。

其他的軍士看見了長意，知他無恙，也開始歡呼起來。很快，人們便將這消息傳開，不一會兒，身後便是一片雀躍的歡呼。

空明想將長意叫出來，在他的冰牆之外敲了好久，但長意像沒聽見一樣，絲毫不搭理他。空明忍無可忍，一記術法拍在那冰牆之上，這動靜才終於敲得長意抬起了頭。

那絕世的容顏此時也染上了黑色的灰，是那麼狼狽。

而在那麼狼狽的臉上，卻有兩道清晰的淚痕。銀色的珍珠散落在女子身側，在女子頸項間，還用細繩穿著一顆，細繩有一半藏在她的衣襟間。看樣子，好似是長意從她脖子上拉出來查看的。

堅冰融水，空明終於聽到了長意嘶啞至極的聲音。

「是她。」他說：「紀雲禾回來了。」

空明一愣，目光這才落在了長意懷裡的女子臉上。他呆住了。

這……竟然真的是……紀雲禾。

*

「主上，有消息傳來，北境近來出現了一隻黑色的狐妖，精通變幻之術，有人見過她的四尾……」

書桌邊的林昊青靜靜放下了手中的筆。他看了一眼身邊的妖僕思語，問：「是紀雲禾嗎？」

「屬下聽聞那行事作風，猜想應該是她。」

「鮫人認出她來了？」

「應當沒有。」

林昊青沉默片刻，卻忽然笑了一聲，搖了搖頭說：「緣分到了，攔也攔不住，隨她去吧。」

林昊青在見順德公主之時，聽聞順德公主要讓他集結四方馭妖師之力北伐，他觀多年局勢，知朝廷行事作風，便早推斷出，這國運不濟，人心渙散，在國師府多年的高壓下，四方馭妖地早有反叛之心，北伐而去，在紀雲禾那舌粲蓮花之下，馭妖師大軍定會臨陣倒戈。

他故意率兵前往，中間過程雖然出乎他的意料，但結果倒是與他想的一樣。沒想到，紀雲禾身體竟然孱弱至此，勸降大軍之後當即身亡，他有解救之法，故意未說，逃離北境之後，方私自帶出她的內丹，救活了她。

林昊青拿了一個罐子，看了看裡面殘餘不多的藥粉說：「當初找順德要的寒霜，內裡藥材我已分析出來，只是有兩味藥，不知其製藥的先後順序。思語，這些日子準備一下，我們要找一個時機回京了。」

思語沉默了片刻後說：「主子，如今回京，怕是拿不到寒霜的製藥順序。馭妖師降北境一事，她的怒火必定發洩在你身上。」

「所以……」林昊青看著手中的盒子。「我們要等一個時機。」

北境城外的山體上，冰牆消融之後，隨著冰牆流淌的岩漿在山體上凝固成了堅硬的黑色岩石，圍著北境城形成了一圈詭異的環形山體。

北境四周皆是高山，本就易守難攻，現在有了這一圈山體，只要北境人在上面建起堡壘，架上兵器，恐怕百萬大軍攻來，北境也無所畏懼。

這突如其來的岩漿爆發，未致北境一人死亡，卻陰錯陽差間成就了驚世絕作，令此處成了一個不破之城。

但空明沒時間為這個消息感到高興。

側殿之中，床榻之上，已恢復自己本來面貌的紀雲禾靜靜躺著。她呼吸沉重，皮膚是異於常人的紅腫與滾燙。長意手中凝聚術法，放在紀雲禾心口，淡藍色的光華流轉，從長意手中渡到她的心口裡面。紀雲禾的神情微微放鬆了下來。

但不過片刻，長意唇上卻泛起了烏青之色。忽然之間，他的手被人猛地拍開。

空明站在長意身側，冷冷地看著他道：「昨日施術過度，讓你好好休息，你還敢胡亂動用術法？」

長意的目光一直停留在紀雲禾身上，未抬頭看空明，也未正面回答他的問題，只開口道：「我要帶她去冰封之海。」

空明聞言，沉默了一瞬。

長意繼續道：「岩漿屬於海外仙島雷火一脈，可灼萬物，她被雷火之氣灼傷心脈，以我之力無法令她甦醒，只有去冰封之海尋得海靈芝，方能解此火毒。」

空明看著長意說：「你想好了？」

長意看著面色痛苦的紀雲禾。相較於之前，在那湖心小院的時候，她比那時候胖了許多。可胖得好，她終於不再那麼枯槁，好似風一吹便會被帶走一樣脆弱。

「這件事不用想。我葬了她，卻沒有把她葬入海裡，我怕無法留住她的屍身，我怕她變成海上的泡沫……此前，我將岩漿引入冰湖……」

再提此舉，長意仍會心緒顫動。

「我以為，上蒼不仁，逼著我承認，我的執著都是虛妄，但空明，她不是虛妄，我的執著也不是虛妄。」

聽他言語之中的去意已決，空明道：「北境呢？」

「有你主持大局，我很放心。」

空明深吸一口氣。而今北境，經昨日一亂，眾人共歷大劫，一些此前暗藏的矛盾暫時算是隱了下去，不管是馭妖師、妖怪還是普通人，都難得同心協力起來。

在這樣的情況下，長意離開北境，也不會出什麼亂子。

空明看了看床榻上的紀雲禾說：「真不知到底是如何從地獄裡爬出來的……」

她像一個奇蹟，對長意來說，或許更像一個神蹟。

「去吧。北境我還看得了幾天。」空明離開前，轉過身來，似極不情願地吩咐：「帶上幾個信得過的人，別再搞什麼孤軍奮戰了。你現在又不是才被撈上岸的鮫人。」

冰封之海位於北境東南，距離北境並不遠。

長意沒有花多少時間，便將紀雲禾帶到了海岸邊。

隨他們而來的還有洛錦桑與許久未見的瞿曉星。

瞿曉星一直待在北境，長意將紀雲禾帶回北境之前，他一直認為鮫人總有一天會將紀雲禾帶回來，他定還能見到他的護法。後來，鮫人果然將紀雲禾帶回來了，但他卻將紀雲禾幽禁在湖心小院中，瞿曉星和洛錦桑一樣，天天盼著去見紀雲禾，但一直沒有等到機會。

他不如洛錦桑膽大，也沒有青羽鸞鳥這樣的後台，於是便一直在北境待著，幫忙打理一些事物，等著鮫人開恩，讓他去看看紀雲禾。但待著待著，所有人好像都將他忘了似的，根本沒人和他提起這件事，直到後來，紀雲禾勸降北伐馭妖師，他初聞消息很是開心，紀雲禾立下這般大功，他總有見見紀雲禾的機會了吧？哪想……

紀雲禾竟然死了。

還被鮫人直接冰封在湖底當中。

這下瞿曉星是徹底斷了念想。他萬萬沒想到，馭妖谷那一別，竟然是他與護法見的最後一面。早知如此，他在北境，便是無論如何，不要這張臉也不要這條命了，他也應該學洛錦桑，厚著臉皮跟過去看看。

這總想著以後以後，竟然就沒了以後……

但偏偏天意就是這麼捉弄人，在他徹底放棄了之後，忽然之間，北境岩漿爆發，鮫人救下整個北境城，而有人說他們看見一隻九尾狐妖救了鮫人。

這下瞿曉星不等了，他立即去打聽消息，最後找上洛錦桑，抓住了鮫人帶紀雲禾離開的最後一點時間，終於再一次見到了紀雲禾。

只是……卻是昏睡中的她。

「你們在這裡好好照顧她，我去海裡取海靈芝。」

鮫人將他們帶到了冰封之海的岸邊，這裡沒有沙灘，只有猶如刀劈斧砍一樣的懸崖峭壁，冰封的大海在懸崖峭壁之下，海面與海岸大概有三十丈的高低落差，下方海面一如它的名字，永遠被冰封著，從來沒有蕩起過波浪。

這是屬於北境的唯一一片海，卻沒有任何利用價值。它終年冰封，不能行船，唯有傳聞中的海靈芝，是它聞名天下的唯一理由。

瞿曉星與洛錦桑蹲在峭壁岸上的破木房子裡，洛錦桑以腿枕著紀雲禾的頭，不停給她吹著風，以緩解她周身灼熱。瞿曉星看看紀雲禾，又看看遠去的鮫人，有些憂心地說：「錦桑，聽說這冰封之海下有大妖怪守護海靈芝，妳說鮫人下去會不會有什麼問題啊？」

洛錦桑瞥了瞿曉星一眼說：「你看鮫人的表情像是有什麼問題嗎？」

瞿曉星被回了這麼一句，沒再說話。是……他看鮫人的表情，聽他說的話，好像他只是要下海抓一條魚一樣，輕輕鬆鬆，去去就回。

但是……這一片海域，天下皆知這裡有海靈芝，也都知道海靈芝是傳說中的聖藥，但是……就是沒人來取……

「他的尾巴……」

洛錦桑也沉默地看向岸邊的長意。

長意立在峭壁前，看著腳下冰封的海面。雖然海水盡數被封存在厚厚的冰層之下，但長風帶來的味道還是混雜著海的腥味與鹹味，是他再熟悉不過的味道。

他本以為，他這條命直到終結，也不會再有回家的一天……

他是一個失去了尾巴的鮫人，本來也是再沒有資格回到大海的鮫人。但為了紀雲禾，他必須回去。

長意深深吸了一口氣，在百尺崖邊縱身一躍，向下方覆蓋了冰層的海面跳去。在他即將落入海面之前，數道冰凌從天而降，鏗鏘兩聲，海冰應聲而破，裂了道數百丈的裂縫。一襲黑袍的長意從縫隙之中一頭扎入海水之中。

冰冷的海水霎時沒過全身，幽藍海水瞬間將他包裹，這熟悉又陌生的感覺讓長意在水中愣怔了片刻。他下意識地回頭看了一下自己的雙腿，那兒再沒有讓他在水中來去自如的魚尾。冰藍的眼瞳輕輕閉上，再一睜眼，他拋下所有猶豫，屏氣凝神，身形似箭，徑直向幽暗的海底游去。

游得越深，四周光線越是稀少。幽藍的眼睛在黑暗中睜開，終於，他在幽深的黑暗裡，看見了一道微弱的光——海靈芝。

他游到那處，伸出手，在即將採到海靈芝的前一刻，一隻巨大的觸手從長意面前揮舞而過，觸手蕩出的水波將他推開數丈。

他沒有鮫人的尾巴，在水中到底是添了幾分不便。

他望向干擾他的妖怪……

在海靈芝背後，十隻並排而上，如燈籠一般的眼睛睜開，詭異地眨著。妖怪觸手在水中胡亂揮舞，十隻眼睛盯著長意不停眨著。

「割尾為腿的鮫人王族，愚蠢……」

海妖聲音渾濁低沉，聲波散在海水之中，推蕩著周遭的水，形成水波。水波震盪，傳到海面，令沉寂已久的冰封之海激盪，海水裹挾著這碎冰撞擊著峭壁。

長意漂在海水中，面上神色不為所動。他雙手結印，兩掌之間拉出三尺長的冰劍，握於掌心。他的銀髮在海水中漂散，顯得那般柔軟，但他手中的冰劍卻鋒利地直指海妖。

「讓開。」

海妖觸手狂舞。

「雖貴為王族，但既已開尾，便是捨棄大海，叛離者如何能再取海中之物？」

海妖一聲嘶吼，觸手瘋狂向長意攻來。

而一片黑暗之中，長意冰劍一轉，寒冽的冰劍背後，是他更加冷漠的藍色眼瞳……

冰封之海上方的冰層盡數被激盪的海水撕裂。巨大的海浪裹挾著冰塊，撞擊這峭壁，發出轟隆之聲，聽起來令人心驚膽戰。

巨大的浪撞在峭壁上，力量之大，使巨浪散去之後，甚至有冰冷的海水落在了這數十丈高的峭壁之上，將三人淋溼，好似下了一場大雨一樣。

瞿曉星和洛錦桑被海面突如其來的大浪驚住，兩人全然不知海面之下是什麼情況。洛錦桑抱著紀雲禾，不宜走動，瞿曉星便大著膽子去懸崖邊探看情況。可是他剛在懸崖邊望了一眼，只看見下面的驚濤，便忽見一條粉紅色的巨型章魚觸手從海裡伸出，徑直往峭壁上而來。

「啊啊！」瞿曉星嚇得大叫，連滾帶爬地往後退。「大妖怪！海裡的大妖怪！」

還沒等他退兩步，那粉紅色的章魚觸手便「咚」的一聲落在他身前，還在他身前扭了扭，卻……竟然只有半截？

這是被砍下來的！

瞿曉星摔坐在地，驚駭地看著面前的觸手。聽到身後傳來腳步聲，他回頭一看，黑袍鮫人渾身溼答答地從海裡出來了，此時正站在他身後，自己擰了擰垂在身前的頭髮。而他手裡拿著的，是一朵發著微光的靈芝。

「海靈芝！」瞿曉星欣喜一笑，鮫人沒有理他，徑直向前，往紀雲禾的方向走去。瞿曉星指著面前還在蠕動的觸手問：「這個東西又是什麼？」

「晚飯。」長意冷漠地答了一句。「章魚腳。」

瞿曉星嘴角抽了抽，看著面前比自己腰身還粗兩倍的章魚腳，有點害怕……

這個鮫人……或者說他們鮫人……在海裡，搞不好比在岸上，要可怕個千百倍呢……

*

巨大的章魚腳被烤得「滋滋」作響，不用刷油，它自帶的油脂便已足夠豐富。在火焰的燎烤下，粉紅色的章魚腳縮了水，變得白裡透紅，散發著陣陣誘人的奇香。

瞿曉星搖著木棍，已經不知道嚥了多少口水。旁邊的洛錦桑也眼巴巴望著這章魚腿，不停催促：「能吃了嗎？能吃了嗎？怎麼還不能吃？」

瞿曉星轉頭看了眼正在照顧紀雲禾的長意。長意已餵紀雲禾服下了海靈芝，紀雲禾周身的灼熱減輕了很多，只是她還沒有甦醒，所以長意一直守在她身邊。瞿曉星試探地問：「那個，尊主，你照顧護……照顧雲禾一天了，不如先吃點東西？」

長意這才抬頭瞥了他一眼道：「能吃了。」他話音一落，洛錦桑拔了身側的長劍，徑直削了一塊肉穿在自己的劍上，猴急地吹了吹就吃進肚子。

「啊……好香！」洛錦桑發出一聲喟嘆。「好吃！這到底是哪裡找的大章魚！怎麼這麼香！」

瞿曉星也迫不及待割了一塊，嚼啊嚼啊吃得開心，嘴裡還含混應著：「對的對的，這章魚好好吃。」

「不是章魚，是海妖。」

長意淡淡說了一句話，正愉快吃著肉的兩人倏然動作一頓，神情一瞬間變得有些呆滯：

「海妖？」

洛錦桑呆呆地問：「妖怪？」

瞿曉星也呆呆地問：「會說話的那種？」

兩人看著長意，長意點頭道：「嗯。」

瞿曉星：「……」

洛錦桑：「……」

他們齊齊回過頭，看著自己手裡還滋滋冒著油的香肉，一瞬間神情都枯萎了。

「是妖怪。」

「活著的。」

「會說話……」

「我們是不是吃人了……」

兩人陷入了難以自持的驚恐之中，開始不停唸叨起來。

而長意的心思卻沒有放在兩人身上。他只看著昏睡不醒的紀雲禾，眉頭微微皺了起來。

照理說，服過海靈芝，火毒已經解除，她應該要甦醒了，但為什麼……

外界的吵鬧與長意的目光，阿紀此時都感覺不到。

自因灼熱之氣昏睡過去之後，她便陷在了一片混沌之中。好似掉進了煉獄裡，被鎖在了那岩漿之中，渾身皮膚都在不停被灼燒著，將她整個人都燒盡，皮也掉了，肉也爛了，整個人一片模糊。

而在這難受的灼燒當中，她偏偏還一個字都喊不出口，因為雙唇也像被火焰融化了一樣，黏在一起，怎麼也無法張開。

只偶爾有一道清涼的寒氣傳入之時，她才能在這灼熱之中得到片刻的安靜。

不知時間在混沌裡流逝了多久，她感覺自己的雙唇被人打開，一股清涼的東西灌進嘴裡，流入喉間，這冰涼帶著苦味的氣息順著她的喉嚨流過胸膛，及至落入胃裡，而後在腸胃裡慢慢散開，驅逐了她四肢灼燒一般的疼痛。

她終於有了片刻舒適，身邊煉獄一般的火焰退去，這才來得及去關注自己以外的世界。

她發現自己飄在空中，赤著腳，未沾地。火焰徹底消失之後，她才發現自己腳下竟是一片白雲，風吹過她的耳畔，一道女子的聲音倏爾在耳邊響起。

「紀雲禾。」

陡然聽到這三個字，阿紀倏然心頭一驚。

她回過頭，想要找到說話的人。

「紀雲禾……」

但這聲音只隨風聲而來，風過則停。阿紀對這三個字有莫名的熟悉感，每聽到一次，她就心驚一次。

「我叫阿紀。」她張開了口。對著面前的白雲長空沙啞地道：「紀雲禾是誰？」

「是妳。」

又是一陣風聲劃過，阿紀這次追隨著聲音，猛地回頭，終於在極遠的雲端處看到了一個身著白衣的女子。她皺眉看著她，覺得這人有些熟悉，但又什麼都想不起來。

「妳又是誰？」

「寧悉語。」那人遙遙站著，身影忽隱忽現，聲音似近似遠。「找回妳的記憶。」她道：「找回妳的記憶。」

「為什麼？」阿紀向那人而去，但不管她怎麼向前走，那女子都永遠在遠方，好像無論她怎麼跑，都到不了她身邊一樣。

白雲在她身側流轉，將她身形遮住。

「我的力量，可以給妳……」

「什麼力量？」

阿紀還欲繼續追問，忽然之間，她感覺額頭猛地一涼，肌膚的觸感徑直將她從那白雲之中拉了出來。

阿紀猛地睜開了雙眼。

眼前，朝陽初升的晨光灑在破木屋裡，給她的眼前罩上了一層朦朧。四周靜謐，破敗的房頂外還有小鳥唧唧叫著飛舞而過。

她抬起綿軟無力的手，將搭在自己額頭上的冰布條拿起。她左右看了看……

這是哪兒？

她轉頭，卻見身側銀髮鮫人撐著頭，在她床邊靜靜閉目休息。

她想要坐起身來，只輕輕一動，鮫人便睜開了眼睛。待得目光轉到她身上，那初醒的朦朧很快便消失。他看著她，盯著她的眼睛，好似要從她眼睛裡挖出什麼東西來，又好似……要將她整個裝進自己的眼睛裡，只要一合眼，就能把她鎖在自己的腦海中。

阿紀有些不明所以地撓了撓頭。被鮫人這般盯著，她有些不自在，便挪開了眼神，還開口岔開話題：「啊……嗯……岩漿呢？控制住了嗎？」

她沒留意，所以也不知道，在她挪開眼神開口說話之後，那冰藍色眼瞳中的光，霎時黯淡了下來。

長意眨了下眼，也略顯落寞地轉開了目光。

阿紀轉頭，這才看見屋裡竟然還有兩個人，一男一女，男的她沒見過，這個女生倒算認識。之前在南方，她和姬寧就是被她和空明和尚抓來了北境。

只是現在這兩人趴在地上，神色有些枯槁，好像受到了什麼沉重打擊一樣，在她開口說話之後，都沒有第一時間轉頭來看她。

「呃……」看著這兩個怪異的人、怪異的處境，阿紀渾身上下都是滿滿的不舒適感。「這裡是哪兒？我怎麼會在這兒？你……你們為什麼也在這兒？」

「這裡是冰封之海。」鮫人垂著眼眸，終是沉著聲音答了她的話。「妳被雷火岩漿的灼熱之氣傷了心脈，需要海靈芝祛除火毒。」

阿紀眨了一下眼，看著長意道：「多謝尊主了。」

長意唇角倏爾抿緊，沒給出下一個反應。而他倆說話的動靜，終於驚醒了旁邊還沉浸在自己世界裡的兩人。

兩人轉過頭來，看見阿紀，面上的灰敗頓時一掃而光。

洛錦桑率先撲了過去，一把將阿紀抱住說道：「雲禾！妳終於醒了！妳不知道！妳睡覺的時候這個鮫人做了什麼！他讓我們吃人！」

旁邊的瞿曉星也紅著眼眶點頭道：「不……其實是吃妖怪……好噁心，但終於又見到護法……不是，終於見到您了，終於……」

阿紀看著激動的瞿曉星，又看了看神色落寞的鮫人，一臉茫然。

若是她沒記錯，此前……她與這個女子初見之時，如果不是她隱身偷襲，自己也不至於被抓來北境吧？這一睡一醒間，差別竟然這麼大……為什……

沒等她自己在心裡問出原因，忽然之間，她昏睡前的一幕景象倏爾撞進腦海。她以九尾之力撐出結界，護住了鮫人……

九尾！

阿紀下意識地摸了一下自己的屁股。

尾巴不在，她在下一瞬間摸了自己的臉……

完蛋了，她恢復本來的面貌了。那……鮫人……

阿紀又立即望向鮫人，瞬間理解了她初醒過來時，鮫人那複雜且具深意的眼神。但是……

她推開身前的洛錦桑說：「嗯，是這樣的。」她正經地看著洛錦桑道：「我或許是你們認識的人，但我……並不認識你們。」

洛錦桑和瞿曉星當場愣住。

阿紀又轉頭看向旁邊的鮫人，沉默了片刻，嘆了聲氣道：「抱歉，關於過去，我都忘了。」

長意黑袍廣袖之中的手緊緊攥成了拳，卻還是盡力維繫著平靜道：「我知道。」

第二十三章　不恨了

紀雲禾的遺忘讓洛錦桑與瞿曉星有些措手不及。

但洛錦桑想想，又安慰自己和阿紀說：「沒關係。」她抓住阿紀的手。「忘了也沒關係，我都記得，還有瞿曉星，都在妳身邊待了很長時間。還有鮫人，鮫人也記得，我們把過去的事情都一點一點說給妳聽。」

聞言，瞿曉星連連點頭。

阿紀沉默了片刻後道：「你們是我朋友。」她看向兩人身後的鮫人。「那我們……是朋友嗎？」

洛錦桑與瞿曉星閉上了嘴，順著她的目光一起看向長意。

長意抬起了眼眸。

四目相接，破木屋內靜默下來。

「不是。」

長意落了兩個字。

洛錦桑與瞿曉星都不敢搭話。

阿紀想了想，隨即笑了：「我想也是。」她道：「先前，被燒昏之前，我好像隱約想起了一些關於你的事，但現在記得最清楚的，是我刺了你一劍……」

長意微微咬緊牙關。當她若無其事地提起這件過往之事時，他心口早已好了的傷，此刻卻忽然開始有些隱隱作痛起來。

是啊，懸崖上，月夜下，她刺了他一劍。

阿紀嘆了聲氣，她心想，所以這就是林昊青不讓她來北境，不讓她露出真實面目的原因啊……

「你該是恨我的吧？」她問。

短暫的沉寂後——

「不是。」

這次，不止阿紀，連洛錦桑與瞿曉星都驚訝得抬頭，愣愣看著長意。三個腦袋、六隻眼睛，同樣的驚訝，卻是源自不同的理由。

洛錦桑心想，這鮫人終於說出來了！

瞿曉星卻震驚，都把護法囚禁到死了居然還說不是？

而阿紀……

她是不明白。

她刺了他一劍，將他傷得很重，他的眼神，甚至穿過了時光與混沌，讓她感受到其中的不敢置信與絕望。

但現在的鮫人卻說……

他不恨她？

為什麼？

長意轉過身去，離開破漏的木屋前，他道：「雷火熱毒要完全祛除還須在五日後再服一株海靈芝，這期間不要動用功法，否則熱毒復發，便無藥可醫。」

他兀自出了門去，只留下依舊呆愣著的三個人。

長意走出屋外，縱身躍下冰封之海，在大海之中，他方能得到片刻的沉靜。他放任自己的身體滑向幽深的海底，腦海中盡是阿紀方才的問題與他自己的回答——

「你該是恨我的吧？」

「不是。」

——長意閉上眼，他也沒想到，自己竟會給出這樣的答案。

死而復生的紀雲禾——一個對過去一無所知的她，詢問他是否對殺他的事懷有恨意。

他脫口而出的回答，卻竟然是否認。

京城公主府，暖陽正好，順德公主面上戴著紅色的絲巾，從殿中走出。朱凌一直頷首跟在她身後。

「師父給的這食人力量的禁術是很好用。」順德公主嘆了一聲氣。「可這抓回來的馭妖師，雙脈之力差了點。」面紗之後的那雙眼睛，比以前更多了淡漠與狠毒。

「可惜了，動不了國師府的人……」

順德公主話音剛落，忽見天空之上一片青光自遠處殺來，狠狠撞在籠罩京城的結界之上。

京城的結界，是大國師的傑作，預防的便是現在的情況。

青光撞上結界的聲響大作，驚動了京城中所有的人。

順德公主仰頭一望，微微瞇起眼睛道：「青羽鸞鳥？」

朱凌聞言眉頭狠狠一皺。「北境攻來京城了？」

順德公主擺了擺手說：「早便聽聞青羽鸞鳥隻身去了南方馭妖谷，在十方陣殘餘陣法中待了一陣。她來，不一定跟著北境的人。」

「她隻身來京師？」

兩人對話間，忽然，京城結界在青光大作之下轟然破裂，京城之中響起此起彼伏的驚呼之聲。未等眾人反應過來，空中一聲鸞鳥清啼，鸞鳥身形變化為人，成一道青光，徑直向國師府落去。

順德公主神色微微一變。「師父……」

她邁了一步出去，卻又倏爾止住。

她在原地站了片刻後道：「朱凌。」在她說話間，國師府內忽然爆出巨大的聲響，鬥法的風波橫掃整個京城，甚至將公主府院中樹的枝葉盡數帶走。僕從一片哀號，順德公主立在狂亂的風中，任由狂風帶走她臉上的紅色絲巾。她一轉身，卻是往殿內走去。

「給本宮將門關上。」

她走回殿內，朱凌緊隨其後，幫她將身後的殿門關上。外面的風波不時衝擊著公主府大殿的門，朱凌不得不將門閂扛起來落在門上，饒是如此，外間狂風仍舊撞得整個大殿都在顫抖，人們的慘叫不絕於耳。

順德公主看著被狂風撞擊得砰砰作響的大門，神色卻是極致的冰冷。

「待得兩敗俱傷，我們再收漁翁之利。」

「是。」

順德公主抬起了自己的手，她的掌紋間，盡是紅色的光華流轉。這是她練就了大國師給她的祕笈之後學會的術法——將他人的雙脈之力為己所用。

「若能得了師父的功法……」她看著自己的掌心，嘴角微微彎起來。「到時候，我讓師父做什麼，他便也得隨我。」

林昊青執筆的手微微一頓。燭火搖曳間，他筆上的墨在紙上暈開了一圈。

「青羽鸞鳥隻身闖了國師府？」

「是。」思語答道：「……京師大亂，國師府被毀，但鸞鳥終究不敵大國師，而今已被擒，囚於宮城之中。」

林昊青將筆擱下。

「思語，準備一下。回京的時機到了。」

＊

是夜，冰封之海吹來的寒風，令破木屋中沉睡的人都忍不住縮了縮胳膊。

洛錦桑和瞿曉星在角落裡席地而眠，長意不見蹤影，而阿紀躺在床上，風吹過，她的眉頭倏爾皺了皺。

「紀雲禾。」

有人在夢裡呼喚著。

「紀雲禾……」那人聲音一陣急過一陣。「青姬被擒，快想起來！我把力量借給妳！去救她！」

青姬……

阿紀恍惚間又落到了那白雲之間，她還沒有弄明白自己身處的狀況，忽然間，長風一起，阿紀只覺一陣殺意刺胸而來，這殺意來得迅猛，令阿紀下意識運起功法想要抵擋，但當她運功的那一刻，她只覺心頭平息下去的熱毒火焰霎時之間再次燃燒了起來。

一瞬間，她登時覺得身處烈焰煉獄之中。

阿紀猛地一睜眼，她雙目微瞠，眼白霎時被體內的熱度燒成了赤紅色。

長意特別囑咐她不要動用功法，她……她萬萬沒想到，她在夢裡感覺到殺氣，在夢裡動用功法，身體竟然真的用了功法？

阿紀只覺火焰在心裡灼燒，讓她疼痛難耐，想要翻身下床往屋外走。但一下床，卻立即腿一軟跪在了地上。

聲音驚動了洛錦桑與瞿曉星。

兩人迷迷糊糊睜開眼，只見阿紀已經趴在地上，呼吸急促。

兩人還沒來得及反應，屋外一道黑影便衝了進來，行到她身邊，一把將她抱起，幾步便邁出了屋外。

似乎感覺到情況不妙，洛錦桑立即拉起瞿曉星，兩人一同追了過去。

「怎麼了？」瞿曉星被拉得一臉茫然，洛錦桑聲色低沉：「雲禾好像熱毒復發了。」

瞿曉星震驚。

言語間，兩人追到屋外，正巧看到長意抱著阿紀縱身一躍，跳入了冰封之海的黑色深淵中。

入海之後，長意隨手掐了一個訣，阿紀臉上和身體微微泛出了一層薄光，待光華將她渾身包裹起來之後，長意便帶著她如箭一般向冰封之海的深淵中游去。

海水流逝，所有聲音在阿紀耳邊盡數消失。

沒有人再叫她紀雲禾，沒有人再與她說青姬的事，在冰冷的海水之中，時間好似來到了她從來沒有來過的時刻。

她看見了那個湖底被冰封的自己。

她看見一顆黑色的內丹被林昊青取了出來。

「紀雲禾……」她呢喃自語，聲音被急速流淌的海水帶走，長意並沒有聽見。而在這混亂之中，阿紀腦海中出現了更多混亂的畫面。她在雪山之間，冰湖之上被長意冰封的畫面、她臉上落下了一滴淚珠的觸感，還有小屋內，她望著屏風上的影子、斑駁的燭光與窗外永遠不變的巍峨雪山的畫面。

慢慢地，更多的畫面出現。

三月間，花海開滿鮮花的馭妖谷。

地牢裡，她被順德公主折磨鞭笞的痛苦與隱忍。

房間內，林滄瀾坐在椅子上的屍身與沉默的林昊青。最後的最後，她還回憶起那玄鐵牢籠中滿地的鮮血。被懸掛起來的鮫人那條巨大的蓮花般的藍色尾巴……

霎時間，無數的畫面全部湧進腦海，她聽見無數的人在喚「紀雲禾」。洛錦桑、瞿曉星、林昊青、長意……

她也終於知道，他們喚的，都是她……

「長意……」

深海之中，黑暗之淵，長意終於停下身子，卻不是因為紀雲禾的呼喚，而是因為他到了他的目的地，一片發著微光的海床。海床上長滿了海靈芝，海床的光芒，便是被這大大小小的海靈芝堆積出來的。

他想將紀雲禾放到海床之上，但當他放下她的那一刻，卻看到了紀雲禾在他術法之內的唇形道出：「我想起來了。」

她的聲音被阻隔在他的術法中，為了讓她能在海底的重壓與水中呼吸、生存，他不得不這樣做。於他來說，紀雲禾的這句話是無聲的、靜默的。但就是這樣用唇形說出來的一句話，卻在長意內心的海底掀起了驚濤駭浪。

長意望著紀雲禾，在海床的微光下，他冰藍色的眼瞳宛如被點亮了一般，閃閃發亮。

而紀雲禾的身體順著他之前放下她的力量，在水中漂著，落到了海床之上。

眼看紀雲禾遠離了自己，長意立即伸手，一把抓住紀雲禾的手腕。

紀雲禾後背貼在海床上，微光將她包裹，一時間，身體內的熱度退去不少，她綿軟的四肢也終於有了些力氣。她微微縮了手臂，同樣也抓住長意的手，拉著他，讓他漂到了她的身體上方。

四目相接，隔著微光，隔著術法，隔著海水。

「大尾巴魚……難為你了……」

無聲的唇語，長意讀懂了。

長意不曾料想，這樣一句話，卻觸痛了他心裡沉積下來的千瘡百孔和無數爛了又好的傷疤。

紀雲禾，就是這個紀雲禾，即使已經到了現在，她也可以那麼輕易地觸動他內心最深處的柔軟與疼痛。

她的生與死、病與痛、守候與背叛、相思與相忘，都讓他感到疼痛。

就連一句無聲的話，也足以令他脆弱。

紀雲禾望著他，微微張開了唇。她鬆開長意的手，在海水裡撫摸著他的臉龐。而後，她的手越過他的頸項，在海水裡將他擁住。

這人世間的事，真是難為這條……從海裡來的大尾巴魚了……

京城，抑是深夜。

一場大戰之後，京城遍地狼狽，一場春雨卻還不知趣地在夜裡落下，窸窸窣窣，令整個破敗的京師更加骯髒混亂。

無人關心平民的抱怨，幾乎被夷為平地的國師府內，大國師走到他已殘敗不堪的書房前，手一揮，施過術法之後，一本書從廢墟之中悄然飛回他的手裡。

書被雨水打溼了一部分，他用純白的衣袖輕輕沾了兩下書上的水，卻倏爾氣息一動，劇烈咳嗽起來。

雨聲中，他的身影難得佝僂了。不一會兒，一把紅得近乎有些詭異的傘撐在了他的頭頂。

他一轉頭，但見順德公主一身紅衣，戴著面巾，赤腳踩在雨水沖刷的泥汙裡，一雙眼睛一眨不眨地盯著他道：「師父，你受傷了。」

「嗯。」

「青羽鸞鳥前來，汝菱未能幫上師父，是汝菱的錯。」

「妳沒來是對的。」大國師將書收入袖中，又咳了兩聲。「好好休息，傷寒感冒會影響妳的身體。」

大國師說完這話，順德公主眼神微微一動，她唇角微顫，大國師卻又道：「此後服藥的效果會受影響。」

順德公主唇角一抿，握緊紅傘的手微微用力。

大國師卻未看她，只道：「快回去吧。穿上鞋。」言罷，大國師倏爾劇烈地咳嗽起來，一時間幾乎連腰都直不起，直到一口汙血吐在地上。他手中立即凝了術法，將術法放在心口，閉上眼，靜靜調息。

傘柄之後，順德公主上挑的眼睛慢慢一轉，在紅傘之下，有些詭譎地盯著大國師道：

「師父。」

大國師沒有回應她。

重傷調息之時，最忌諱的就是他人打擾……

順德公主眸光漸漸變冷。

春雨如絲，這傘下卻並無半點纏綿風光。忽然之間，順德公主五指凝氣，一掌便要直取大國師後頸。

而大國師果然對她沒有絲毫防備！她輕而易舉地便擒住了大國師的頸項，術法啟動，紅傘落地，她從大國師身體之中源源不絕地抽取她想要的力量，大國師的雙脈之力精純有力，遠勝她再殺一百個無名馭妖師！

順德公主內心一陣瘋狂欣喜，卻在此時，空中一聲春雷驚動，只見傷重的大國師微微轉過了頭來。

他一雙眼瞳清晰地映著她的身影。

順德公主心頭驚懼，下一瞬間，她周身力量盡數被吸了回去。

順德公主想抽手離開，卻直到她近日來吸取的所有力量盡數被吸取乾淨，方有一股大力正中她的胸膛，將她狠狠推出三丈餘遠。

她赤腳踩在破碎的磚泥上，鮮血流出，順著雨水流淌到大國師腳下。他清冷的目光未再施捨予她。

「汝菱，妳想要的太多了。」

對於她的算計、陰謀，他好似全部都已看穿，但也全部都不放在心上。

絕對的力量帶來絕對的制裁。

順德公主愣愣地看著他，在雨中，神色漸漸變得扭曲。

「為什麼不殺我？」她問：「我背叛你，我想要你的命！為什麼不殺我！」

大國師離開的腳步微微一頓，這才稍微側過目光來瞥了她一眼道：「妳心裡清楚。」

因為這張臉。

哪怕已經毀了，但他還是近乎偏執地想要治好她的臉，就因為這張臉！

她伸手，摸上自己凹凸不平的臉。那帶著怨毒的指甲用力，狠狠將她自己的臉挖得皮破血流。

「我不要這張臉！我不是一張臉！你殺了我呀！你養我！教我！你讓我一路走到現在！但我背叛你了！我背叛你了！你殺了我啊！不要因為這張臉饒了我……」她失力摔坐在地，捂著臉，痛哭失聲。「我不是一張臉，我不止是一張臉……」

＊

春雨在京城淅淅瀝瀝下了一整夜，順德公主自國師府回到公主府後，在大殿的椅子上坐了一整夜，臉上的血、溼透的髮，她都沒有處理。

朱凌前來，一陣心驚道：「公主，您的傷……」

「朱凌，我沒能殺得了師父。」

她的話讓朱凌更是一驚：「大國師……」

「他沒罰我，只是將我的力量都抽走了……身分、高位、力量，都是他給我的，命，也是他給我的。朱凌，除了這張臉，他對我一無所求……」她睜著眼，目光有些空洞地看著空曠的大殿。「試了這麼多藥，臉上的疤也未除盡，他的耐心還能撐多久？一個月？兩個月？一年？兩年？一旦他放棄了，我就變成了被他隨手拋棄的廢物，與外面的那些人有什麼不同？」

順德公主眸中忽然閃過一絲瘋狂的光芒。她轉頭望向朱凌道：「不如，我以死來懲罰他吧。他要這張臉，我不給他，他也不能好過。」

「公主……」朱凌看著神色有些癲狂的順德公主。「公主莫要灰心，屬下前來，便是想告知公主，林昊青回來了。」

「林昊青？他還敢回來？」

「林昊青道，他有助公主之法。」

「助我？他能助我何事？」

「殺掉大國師。」

順德公主身體微微一僵，片刻的沉默之後，她轉過頭來，看向朱凌，眼瞳之中怨毒再起。

「讓他來見本宮。」

海床之上，長意以術法在幽深的海底撐出了一個空間，海水盡數被隔絕在術法之外。紀雲禾在滿是海靈芝的海床上躺了一宿。

她悠悠轉醒時，身側的長意還在閉目休息。他黑色的衣袂與銀色的髮絲散在海床上，這一片海靈芝的藍色光芒像極了他的眼睛。

這色調讓紀雲禾感覺好似身處一個奇幻的空間，私密、安靜，海底時不時冒出的氣泡咕啵聲更讓她感覺神奇。

她一時間沒反應過來，自己到底是在夢中還是現實。

她抬起手，指腹勾勒長意鼻梁的弧度，指尖在他鼻尖停止的時候，那藍色的眼睛也睜了開來。

海靈芝的光芒映在兩人臉上，而他們彼此的身影則都在對方眼瞳裡，清晰可見。

「長意。」紀雲禾先開了口，但喚了他的名字之後，卻又沉默了。他們之間太多過往、太多情緒複雜地纏繞，讓她根本理不出頭緒，不知道該先開口說哪一件。

「身體怎麼樣？」長意道。「可還覺熱毒灼燒？」

紀雲禾搖搖頭，摸了摸海床上的海靈芝說：「這裡很神奇，好像將我身體裡的灼燒之熱都吸走了一樣。」

「這一片海無風無雨，便是因為生了海靈芝，方常年冰封不解。」

「為什麼？」紀雲禾笑道：「難道，這些靈芝是靠食熱為生？」

她眉眼一展，笑得自然，她未在意，長意卻因為她的展顏而微微一愣。

長意此前見阿紀，懷疑是她，但因為冰湖裡紀雲禾的存在，他又堅信不是她。到現在確認了，證實了，看著她在自己面前如此靈動地說話、談笑，與以前別無二致，長意霎時卻也有種身在夢中的恍惚感。

這幾個月時間恍如大夢一場。

他回神，隱忍自己的情緒。

「海靈芝可以算是食熱為生。所以服用海靈芝，可解妳熱毒，但熱毒復發，單單一株難以消解。妳需得在此處海床修養幾日。」

「我記得你與我說，這些日子不能動用功法，我確實也有注意，卻是不知在夢中……」

言及至此，紀雲禾倏爾愣了愣，腦海間閃過些許夢裡畫面。

她現在記起來了，也知道夢中與自己說話的便是大國師那傳說中的師父——寧悉語。但是……

她先前是說了什麼，還是做了什麼，才讓她在夢中動用了功法？

紀雲禾皺了皺眉頭說：「……腦中太多事……我想不起來夢中為何要動用功法了。」她看著長意。「抱歉，又給你添麻煩了。」

長意沉默了片刻，從海床上坐起身來道：「不麻煩。」

這聽來淡然的三個字，讓紀雲禾愣了片刻。

若她沒記錯，在她「死亡」之前，她應當沒有將當年的真相告訴長意。

她身死之後，知曉真相的人無非就是林昊青、順德公主與國師府的那幾個人，另外還有一個一心想讓長意忘掉她的空明。

這些人，沒有誰會在她死後，還囉嗦地跑到長意耳邊去嘀咕這件事。

那長意而今對她的態度十分耐人尋味。仔細想想，包括之前她還沒有想起自己是誰的時候，長意的種種舉動……

「長意。」她倏爾開口：「你為什麼說……不恨我？」

長意轉過頭，藍色的眼瞳在海底閃著與海靈芝同樣的光芒。他說：「因為不恨了。沒有為什麼。」

他的回答也過於直接，令紀雲禾有些怔然。

紀雲禾也微微坐起身來說：「我背叛過你。」

「嗯。」

「殺過你。」

「嗯。」

「你墜下懸崖，空明和尚說，你險些沒了命。你花了六年時間，在北境……想要報復我。」說到此處，紀雲禾也忍不住微微亂了些許心神。

「沒錯。」

「……而你現在說你不恨了？」紀雲禾凝視著長意，眸光在黑暗之中慢慢開始顫動。她垂下頭，心中情緒不知該如何訴說，最後開口卻是一句：

「長意，你是不是傻？」

這個大尾巴魚，時至今日經過這麼多磨難，兜兜轉轉，到頭來，他卻還是那麼善良與真摯。

「你怎麼心地還是那麼好呢……你這樣，會被欺負的。」

她說著，看著長意的手。他的手掌，在此前解北境岩漿之亂時，被自己的術法所傷，手背掌心全是破了的小口。

「我沒有妳說的那麼好，心地也不那麼善良，我……也曾險入歧途，但最後，我沒有變成那樣，不是因為這顆心有多堅定，而是因為……」

他頓了頓，神色如水般溫柔：

「因為妳還在。」

就算她不認識他，忘了過往，還是將他從深淵邊緣拽了回來。

「而且，沒人能欺負我。」長意道：「妳也打不過我。」

提及此事，紀雲禾忽然破涕為笑。她仰頭看著長意道：「沒有哪個男人能把打女人這件事說得這麼理直氣壯。」

長意唇角也勾起了微笑。

時隔多年，於遠離人世的深淵海底，他們與對方相視時，終於帶上微笑。

公主府殿中，林昊青被侍從引入側殿之中。

紅色的人影從大殿後方行了進來，林昊青起身，還未行禮，上面便傳來了一聲：「行了，直說吧，你的目的。說得不好，本宮便在此處斬了你。」

林昊青直視順德公主，紅紗背後，她臉上可怖的痕跡依舊朦朧可見。

「公主，罪臣此次前來，是來解公主多年心病。」

「本宮的心病，你可知？」

「國師府，大國師。」

順德公主往後仰，斜倚在座位上說：「國師是本宮師父，你卻說他是心病？該殺。」

林昊青一笑：「若非心病，而是靠山，公主近日來何須以邪法吸取那般多馭妖師的靈力？」

「我公主府還有你的探子？」順德公主瞇起眼睛。「林谷主，本宮不曾想，你們馭妖谷的手伸得可真長啊。」

「為自保而已。與公主一樣，我馭妖谷、四方馭妖地，在大國師的鉗制之下苟延殘喘，偷生至今，莫說風骨，連性命也被他隨意擺弄。朝廷之上，不也正是如此嗎？」

順德公主沉默。

「公主渴求力量，罪臣冒死回京，便是要為公主獻上這份力量。」

「說來聽聽。」

「煉人為妖。」

順德公主瞇起了眼睛，想到那人，她神情一狠。

「紀雲禾？」她冷哼。「她都已經死了，你還敢將她身上的法子用在本宮身上？」

「紀雲禾已死，但不是死於這藥丸，而是死於多年以來的折磨。」

提及此事，順德公主仍舊心有餘怒。「死得便宜了些。」

林昊青恍若未聞，只道：「紀雲禾生前所用藥丸，乃是我父親所製。不瞞公主，大國師以寒霜掣肘馭妖一族多年，為尋破解之機，我父親私下研製了煉人為妖的藥丸，寒霜只對馭妖師的雙脈之力起作用，若煉人為妖，寒霜自然對那馭妖師再無毒性。父親將那藥丸用在了紀雲禾身上，以抵禦寒霜之毒，只可惜未至結果，父親反而先亡。我隨父親的研究繼續往下，幾乎已快成功研製出煉人為妖的方法。只是，我還缺少一樣東西。」

「少什麼？」

「寒霜的製藥順序。」

「哦。」順德公主一聲輕笑。「原來，當初我讓你去北伐，你向我提要求，要寒霜之毒，說是方便你掌控四方馭妖地的人，原來是拿了我的藥，去做自己的事。」

「此一時，彼一時。公主，我當時對公主是有所欺瞞，只是如今，我與公主皆畏懼大國師，何不聯手一搏？」

順德公主靜默了許久後說：「三天。」她道：「你做不出，我便將你送給大國師。」

*

洛錦桑和瞿曉星在岸上等得焦急不已。

洛錦桑好幾次想跳進海裡找人，都被瞿曉星給攔住。他道：「這海下面什麼情況都不知道，鮫人下去了都沒動靜，妳別瞎摻和了！」

「那你說怎麼辦！這都一天沒見人影了！」

像是要回應洛錦桑的話似的，忽然之間，下方傳來一陣破水之聲，兩人未來得及轉頭，便霎時被冰冷的水淋了一身。

長意躍到岸上，還帶著幾條活蹦亂跳的海魚。

洛錦桑和瞿曉星驚得一愣，隨即洛錦桑瘋了。

「雲禾呢？你怎麼帶魚上來了？她呢？」

長意擰了擰自己頭髮上的水說：「烤了。」

「什麼？」兩人異口同聲。

長意終於給了兩人一個眼神。「把魚烤了，我帶下去給她吃。」

這下兩人方明白了。

洛錦桑拍了拍瞿曉星，瞿曉星便認命上前，將魚拎起來。洛錦桑湊到長意身邊問：「雲禾為什麼不上來？」

「療傷。」

「療多久？」

「三天。」

「那她在海裡怎麼呼吸？你給她渡氣嗎？」

長意一愣，轉頭沉思了片刻。

洛錦桑又自己推翻了自己的想法：「你是鮫人，肯定不會用這種土辦法，那你們在下面，三天，就你們倆？孤男寡女黑燈瞎火……你不要趁雲禾什麼都沒想起來占她便宜啊！」

長意一怔，隨即又陷入沉思。

瞿曉星在旁邊聽不下去了，小聲嘀咕了一句：「姑奶奶，您可就別提點他了……」

長意瞥了瞿曉星一眼道：「烤魚，你們話太多了。」

長意去了林間，想去尋一些新鮮的果實。

瞿曉星盯著長意的背影道：「這鮫人喜歡咱們護法到底是哪一年的事啊？他不是一直想殺了咱們護法嗎？我到底是錯過了什麼才沒看明白。」

「你錯過的可多了。」

朱凌將一顆藥丸奉給了順德公主。

順德公主接過黑色的藥丸，在指尖轉著看了一圈後說：「這麼快？」

「林昊青說，他需要的只是寒霜的製藥順序，拿到了順序，製出這顆藥便是輕而易舉的事情。只是，這顆藥並非成品。」

順德公主一笑：「他還想要什麼？」

「他需要一個妖怪與一個馭妖師的力量來獻祭。」

「京師多的是。」

「是需要與公主本身修行的術法相契合的馭妖師與妖怪。」

順德公主默了片刻後說：「本宮修的是五行之木。在京師，修木系的馭妖師可不多。」她道：「師父修的便也是木系術法。難道這林昊青是想讓我去取師父的力量？」

朱凌思索了片刻後道：「公主，若一定要服此藥，屬下有一馭妖師人選，可配公主身分，為公主獻祭。」

「誰？」

「姬成羽。」

順德公主拿著藥丸在手裡掂了掂。

「他不錯。至於妖怪……青羽鸞鳥便也算是木系的妖怪。」

「青羽鸞鳥力量蠻橫，與姬成羽的力量不合，恐怕對公主有危險。」

順德公主想了想說：「嗯……木系的妖怪讓林昊青去尋來，別走漏了風聲，讓國師府知道此事。最遲明日，我便要結果。」

「是。」

正是傍晚，風塵僕僕的白衣少年急匆匆地跑進一座院子大喊：「師父！師父！」

姬成羽從屋中走出，但見姬寧，登時一愣。「怎麼去了這麼久？」

姬寧眼中積起淚水。「師父……我……我這一路……我被抓去了北境。他們將我放回來了，我……」

「北境？」

「嗯，我……我還遇見了那個傳說中的紀雲禾，她沒死……」

姬成羽倏爾渾身一震。「什麼？」

「那個傳說中的紀雲禾化成了男兒身，救了我，後來……後來……」他抽噎著，語不成句，姬成羽拉了他道：「進來說。」

姬成羽帶著姬寧入了房間，卻不知院門外，黑甲將軍正靠牆站著，面具背後的眼睛滿是陰鷙——

「紀雲禾……」

外面的風雨撼動不了深海裡的一絲一毫。

紀雲禾在海床上吃著長意從外面帶回來的烤魚與甜甜的果實，唇角的笑滿足又愜意。

「這地方不錯，又安靜，又隱密，還有人給我送吃送喝。」

長意看著紀雲禾說：「那就在這裡一直待著。」

「那就和坐牢一樣了。」

紀雲禾脫口而出的一句話，卻讓兩人都不由自主地想起了一些過往。

長意沉默下來，紀雲禾立即擺手道：「大尾巴魚，我不是在怪你。」

「我知道。」長意說著，抬起了手，紀雲禾吃的野果子多汁，沾在了她唇角邊，長意自然地以袖口將她唇角邊的汁液抹掉。「妳傷好之後，北境，或者馭妖谷，抑或這世界任何地方，妳想去，便去。」

海靈芝的微光之中，紀雲禾看著長意以認真的眉眼與聲音與她說：「以後，妳想去哪兒，都可以。我不會再關著妳。」

紀雲禾注視著他問：「那你呢？」

「我會回北境。我會守在北境。」

那裡不再是他的一個工具了。

紀雲禾看著他的側臉，倏爾笑了笑。「長意，你變了。」

「或許吧。」他垂頭，甚至開始交代：「妳可以把瞿曉星帶上，他對妳很忠誠，而洛錦桑……」

紀雲禾笑著，搖起了頭。「你變了，我也變了。」

這個回答出乎長意的意料。

「我自幼被困馭妖谷，後又多陷於牢籠，難以為自己做選擇。因為被束縛太多，所以我厭惡這世間所有的羈絆。我一直伸手去搆那虛無縹緲的自由，將其作為畢生所求，甚至不惜以命相抵。」

長意靜靜聽著。紀雲禾漆黑的眼瞳中，是他清晰的身影。

「但當生死之間走一遭，後來又糊裡糊塗地過了一段自由自在的日子，我方知，浪跡天下逍遙快活其實並不是自由。可以隨心選擇，方為自由。」

紀雲禾將手放到長意的手背上。

長意在袖中的手握成了拳，紀雲禾便用手蓋住他緊握成拳的手，輕輕摸了摸，撫慰他手背上的細小傷口。

「我選擇變成一個被羈絆的人。」她看著長意，一笑。「為了你。」

霎時，海靈芝的光芒彷彿都亮了起來，將他的眼瞳也照亮。

「妳……想隨我回北境？」

「北境、南方、馭妖谷。」她學著長意的話道。「都可以。你想去哪兒，都行。天涯海角……」紀雲禾的聲音在他耳邊，打破了這深海的冰冷與寂靜。「我都隨你去。」

萬里山川，山河湖海，彷彿都已出現在兩人面前。

待北境事罷，長意也不想作什麼人間的王。他想帶著紀雲禾，走遍她想走的所有地方。

至於過去種種，她不再提，他也就不再想了，全當已經遺忘，隨風，隨浪，都散去了。

失而復得是多難得的幸運。

「好。」

第二十四章　當年

滿布紅紗的內殿之中，順德公主坐於鏡前，她身後響起一陣不疾不徐的腳步聲。

不用想，也知道是誰。

順德公主未轉過頭，仍舊在鏡前坐著，輕輕撫摸這菱花鏡的邊緣。

「汝菱，喝藥了。」大國師將一碗黑色的藥放在她右手邊的桌子上。

從製藥熬藥到端藥給她，大國師都是自己一人來做，從不假手他人。

順德公主看了一眼那黑糊糊的藥汁說：「我待會兒喝。現在喝不下。」

「現在喝，藥效最好。」

「喝不下。」

沒有再多言，大國師端起藥碗，手指抓住她的下頷，將她的頭硬拽了過來，要直接將藥灌進她喉嚨裡。

順德公主死死咬住牙關，狠狠掙扎，終於，她站起身來猛地將大國師一把推開，大國師紋絲未動，她自己卻撞翻圓凳，後退了兩步。

她怒紅著眼睛吼：「喝不下！我不喝！不喝！」

大國師的眸光冷了下來。他未端藥碗的手一動，順德公主感覺一股大力鎖在她喉間，無形的力量徑直將她壓倒在書桌上。

她的下頷被捏開，「喀」的一聲，下頷骨頭被大國師拉扯至脫臼，她的牙齒再也咬不緊，大國師面無表情地將藥灌入她的喉間。鬆手前，他輕輕一抬，那脫臼的下頷骨再次合上。

他觀察著順德公主。不是觀察她的情緒，而是在觀察她的臉。

順德公主感覺心頭有一股要將她撕裂的疼痛竄出，她痛得哀號出聲，摔倒在地，不停在地上打滾。

她臉上的疤像是有蟲子在蠕動一樣，要將皮下的爛肉吃掉，讓她的臉變得平整許多。直到順德公主的尖叫聲低了下去，她臉上的疤也消失了一半。她猶如一條被痛打的狗一樣，趴在地上，粗重喘息。

大國師蹲下身來，將她散亂的髮絲撥開，輕輕撫摸了一下她的臉頰說：「這藥有用，下次不要不乖了。」

順德公主趴在地上，冷汗幾乎浸溼她內裡的衣裳。她驚懼又怨恨地瞪著大國師。

大國師如來時一般靜靜離開。

她一手捂著自己的心口，一手緊緊攥著拳頭，未等呼吸平順，她從自己的懷裡摸出那顆尚未完成的藥丸，眼中盡是瘋狂又狠毒的光。

她張開嘴，將藥丸放入口中，再一仰頭，藥丸順著她的喉間滑下，腸胃裡登時一片翻江倒海，她在一片天旋地轉當中站起了身。

「等不了……姬成羽、青羽鸞鳥……要祭祀，便來我身中祭祀！」

她說著，搖搖晃晃地往殿外走去。

「你有什麼話，非要邀我來此處說？」宮牆之前一片蕭索，禁衛軍今夜都不知被朱凌遣去了何處，偌大的宮門前，竟無一人。

姬成羽看了看四周問：「禁衛軍呢？」

「姬成羽。」朱凌望著他，面具背後的眼睛沒有一絲情緒。「自姬成歌叛離國師府以來，他先是遁入空門化名空明，而後一手相助鮫人成立北境。」

姬成羽神色沉凝下來。

「他是你的親哥哥，但他所行所言無一字顧慮過你的處境，無一步想過你的未來……」朱凌頓了頓，話鋒卻是一轉。「而不管他人如何看待你，我始終將你當成我的兄弟對待。」

思及過往，衝動又真摯的少年在姬成羽腦海中浮現。

以前的朱凌，性格乖張，但內心秉性其實不壞，若非此前鮫人前來京師，令朱凌被那獄中火焰灼燒，被救出後命懸一線，其母憂思過度，身亡於他病榻之旁，他清醒之後，也不會變成這般模樣……

姬成羽戒備的神色稍緩。「朱凌，我……」

「我想賭上過往情義……」朱凌打斷他的話。「讓你幫我一個忙。」

「什麼忙？」

未等朱凌再次開口，忽然之間，姬成羽只覺後背一涼，緊接著，一陣劇痛自心口傳來，他低頭一看，五根鋒利的指甲從他後背穿透他的身體，指尖出現在他胸前。

「唰」的一聲，鮮血狂湧，噴濺了一地，姬成羽腳步一歪，感覺渾身霎時無力，整個人徑直摔倒在一旁，面色煞白地看著面前的兩人。

黑甲將軍，還有黑甲將軍身側的紅衣公主。

公主手中握著的，是他還在跳動的鮮紅心臟……

「我想借你一顆心。」

混著朱凌的聲音，順德公主將他的心臟吞吃入腹，一嘴的血擦也未擦，轉頭便繼續向宮城裡走去。

姬成羽躺在地上，失神地看著順德公主的背影走進了那宮牆裡，宮牆像一塊布幕，將他們這處襯托得宛如戲台。

順德公主腳步踉蹌，一邊舔著指尖的血，一邊一步步走在宮裡。

宮中的路，她比誰都熟悉，宮裡的侍從、婢女看見她，誰都不敢聲張，全部匍匐跪地，看著她向宮中地牢走去。

地牢由國師府弟子看管，見順德公主到來，有人想要上前詢問，順德公主二話不說，反手便是一記術法，徑直將來人殺掉，一路走一路殺，及至走到巨大的玄鐵牢籠前。

籠中貼滿了符咒，全是大國師的手筆。

在牢籠正中的架子上，死死釘著一個渾身是血的女子。

她看起來不像傳說中那厲害的青羽鸞鳥，反而更像一具屍體。

想來也是。與大國師一戰，致使大國師重傷，那這妖怪又能好到哪裡去？

順德公主笑了笑，幾乎愉悅地哼著不成調的曲，赤腳邁步踏進了牢籠裡。

「青羽鸞鳥。」順德公主呼喚這個名字，卻沒有得到任何回答。她走向青羽鸞鳥，向青羽鸞鳥伸出還帶著姬成羽鮮血的五指。「來吧……以後我們就是一家人了……」

血水從青羽鸞鳥身上滴落，她已經昏迷了很久，並未將順德公主的話聽進。

青光乍現，牢中，什麼都看不見了……

紀雲禾在海床上待了兩天，開始覺得有些無聊了。

「再待一日，明日便可上岸了。此後，熱毒應當不會再復發。」長意安慰她。「最後一日，急不得。」

「如此，為何一開始你不帶我到這海底來，只摘了一朵海靈芝給我？」

「那時妳身中熱毒，只需要一朵海靈芝即可。再者，海床之上，本有海妖，我帶著受傷的妳，不便動手。」

紀雲禾聞言愣了愣，在黑暗的海裡左右看了看，問：「海妖呢？」

「被我斬了一隻觸手，跑了。」

「那這本該是人家住的地方？」

「對。」

紀雲禾嘖嘖咋舌：「海中一霸，鳩占鵲巢，恬不知恥。」

長意卻坦然道：「他先動手的。」

紀雲禾失笑：「我記得，以前在馭妖谷的牢裡，我好像和你說過，有機會，讓你帶我到海裡去玩。」

長意點頭。

「現在也算是玩了一個角落，見過了你在海裡的一面。算來，也見過你好多面了。」紀雲禾像是忽然想起了什麼一樣，將自己脖子上掛著的銀色珍珠拉了出來。珠光映著海靈芝的光，好不耀目。

「這是鮫人淚對不對？」紀雲禾湊到長意身邊，長意扭過了頭，只當沒看見。紀雲禾鍥而不捨地往另一邊湊了上去。「你為我哭的？」

長意咳了一聲。

紀雲禾瞥了眼他微微紅起的耳根，嘴角一勾：「就這麼一顆嗎？」

「就一顆。」

「那你再擠兩顆唄，我再湊兩個耳飾。」

長意一聽這話，轉頭盯著紀雲禾，卻見她漆黑的眼瞳裡滿是笑意，他霎時便明白，這個人一肚子壞水，竟得寸進尺，開始逗他了。

長意索性坦言道：「岩漿之亂那日，我識出了妳，妳卻被雷火之氣灼傷，陷入昏迷，空明將妳我從變成岩石的熔岩之中挖出來時，遍地都是。」

遍……地都是……

這原來還是個能生錢的聚寶盆呢！

紀雲禾看著長意，對上他不避不躲盯著她的眼神，卻倏爾領會到了「遍地都是」這話背後的含義，於是，一時間，她又覺得心疼起來。她抬手摸了摸長意的頭。

在人間過了這麼多年，長意早就知道，人類沒有什麼摸摸就不痛了的神奇術法，那六年間，長意偶有心緒煩悶想起過往事情之時，還因為此事而認為紀雲禾就是個滿口謊言的騙子，在她的罪狀上又添了濃墨重彩的一筆。

但時至今日，在這深淵海底，紀雲禾摸著他的頭，卻像是將這些年來的傷疤與苦痛都撫平了一樣。

「摸摸就不痛了」這個謊言一樣的術法，竟然像真的一樣，撫慰了他。

「失而復得，那是喜極而泣。」長意道。「妳不用心疼。」

紀雲禾嘴硬：「大尾巴魚，我是心疼一地的銀子，你們都沒人撿，都不知道給北境開源。」紀雲禾頓了頓，將長意前半句話撿回來品味了一下，隨後一轉眼珠道：「……長意，你這是在說情話嗎？」

長意轉頭看她，詢問：「這算情話嗎？」

「那要看你算我什麼人？」

長意直接道：「鮫人印記已經落在妳身上。用你們人類的話來說，便是一生一世一雙人。」

紀雲愣了愣：「原來，你們鮫人只是在肢體接觸上才會害羞啊……在言語方面，倒是會說。」她話頭一轉。「我先前若說不與你回北境，那你這一雙人，可就沒了。」

「在心裡。」

三個字，又輕而易舉觸動了紀雲禾的心弦。

她垂頭微笑：「那印記呢？」

「印記落在妳被我冰封入湖的身體上，而雷火岩漿灌入湖底，可灼萬物，那身體便也就此被灼燒消失……」說到此處，長意眸光微微垂下，似還能感受到那日，那身體消失時，那般感同身受。「因此，印記便也消失了。」

「又回到你這裡了？」

「嗯。」長意看著紀雲禾。「妳不喜歡，這種東西就不落了。」

「得落。」

長意沒想到，紀雲禾竟然果斷說出了這兩個字。

他怔然著，便聽紀雲禾分析道：「長意，我們從這深海出去之後，回到北境，即將面對的，將是百年以來的最強者，抗衡的是一整個朝廷。而今，雖朝廷盡失民心，但國師府之力仍舊不可小覷。我們不會一直在一起，這個印記，可以讓我在亂世之中，知道你在何處，也知道你的平安，所以得落，但是得公平。」

公平，就是他可以感知到她的所在，那麼她也要可以。

長意靜靜注視了紀雲禾片刻，再沒說多的言語，他抬手，拂過紀雲禾耳邊，將她的髮絲撩到耳後，隨即輕輕一個吻，落在她的耳畔。

耳朵微微一痛，熟悉的感覺，卻是全然不同的心境。

他微涼的唇離開她的耳朵，卻沒有離遠，而是在她耳朵上輕輕吹了兩下，宛如在給小孩吹傷口。這樣的細微疼痛，對於紀雲禾來說根本不算什麼，她卻這樣被人如珍如寶似的對待。

紀雲禾心頭軟得不成模樣，微涼的風吹進耳朵裡，撩動她的頭髮，在感動之後，還繞出了幾絲曖昧來……

紀雲禾抬眸，但見長意還是神色如常地輕輕幫她吹著傷口，全然不知他的舉動在紀雲禾看來，竟有了幾分撩撥。

「長意。」

「嗯？」

「你有時候真的很會撩撥人心。」

「嗯？」

再不說廢話，紀雲禾一把拉住長意的衣領，在長意全然沒反應過來的時候，一口咬在他的唇上。

冰藍色的眼瞳霎時瞠得極大。

海床之上，微光閃動，長意術法撐出來的空間有些動盪，海水搖晃之聲在密閉的空間響起，大海就像一個偷看了這一幕的小孩，在捂嘴偷笑。

紀雲禾這一觸，便沒有再放開手。她貼著他的唇，輕輕摩挲。

長意僵硬的身體終於慢慢反應過來，藍色的眼瞳微微瞇了起來，他的手抱住紀雲禾的頭，身子微微傾斜，將紀雲禾放到了海床之上……

「紀雲禾，妳也很會撩撥人心。」

紀雲禾微微一笑，這吻更深了。

深海裡，寂靜中，無人知曉的地界，只有他們彼此，不知是日是夜，只知這吻綿長、溫柔，而情深。

＊

「長意，這麼多天，你為什麼從不問我是怎麼回來的？」

海床上，紀雲禾靠在長意的臂彎裡輕聲詢問。

長意沉默了片刻，說：「我怕一問，夢就醒了。」

「幾個月前，我才是作夢也沒想到，大尾巴魚還有對我這麼好的一天。」

長意反手握住了紀雲禾的手。「以前的事，不提了。」他們之間的恩恩怨怨，根本就算不清。「妳新生歸來，便是新生。」

「是新生，但這件事，我得與你說清楚。我是被林昊青救活的。」

「林昊青？」

「我被煉人為妖，除了馭妖師的雙脈之力，身體裡還有妖力，是以在丹田之內便生了內丹，他取了我屍身裡的內丹，讓我作為一個妖怪之身，再次復甦。」

長意沉思了片刻。「他為何如此做？」

「興許，是顧念著幾分舊情吧。不過，他為何救我不重要，他之後想做什麼，卻恐怕與你我息息相關。」

長意坐起身來。

「林昊青救了我之後，便放了我，他讓我學會變幻之術，不得以真面目示人，不得去北境，不得去京師，或許是不想讓我再摻和到這些事情中。但造化弄人，我到底還是參與了進來。而林昊青估計也沒想過，有朝一日，我竟然還找回了過去的回憶。我記得在他救我之後，他說他要去京師，完成他該完成的事。」

「他想做什麼？」

紀雲禾搖搖頭。

「我與他在馭妖谷鬥了多年，他想做什麼，我以為我比誰都看得通透，但馭妖師北伐以來，我卻有些看不懂他的棋了。順德公主並非詭計之主，多年以來被大國師慣得驕縱不堪，而實則除了那陰狠毒辣的脾性，並沒什麼可怕的。她想對付北境，在國師府與朝廷人手不足的時候，許林昊青以高官厚爵，讓他率四方馭妖地北伐，是一個愚蠢卻直接的法子。從順德公主的角度來說，她這般做，無可厚非，但林昊青答應了……這便十分耐人尋味。」

紀雲禾看向長意，長意點頭道：「當年林昊青被青羽鸞鳥所擒，實在是容易了些。」

「而後主帥不在，四方馭妖師卻大舉進攻，這才能被我陣前勸降。」紀雲禾瞇起了眼睛。「他這舉動，可是有點像……特意為北境送人來？」

「明日回北境後，再憂心此事。」長意站起身來。「我上去給妳拿些吃的，妳想吃什麼？」

「甜的。以前吃太多苦，現在就想吃甜的。」

「好。上次摘的果子哪個最甜？」

紀雲禾眯眼一笑道：「你最甜。」

長意一愣，倏爾耳根微微一紅。「我去去就回。」

懸崖峭壁之上的岸邊，洛錦桑和瞿曉星已經無聊得開始自己刻了骰子在丟大小玩。

但見長意又帶著魚從海裡上來，瞿曉星下意識地往後躲。

「兩天都是我烤魚，今天我不想烤魚了。」

「你不烤誰烤？」洛錦桑推了他一把，瞿曉星只得認命上前。洛錦桑詢問長意：「雲禾在下面怎麼樣了？」

「還不錯。」長意答完，自顧自地往前方林間而去。

他離開了，瞿曉星方轉過頭對洛錦桑道：「他今天好像心情很不錯的樣子。」

洛錦桑奇怪：「平時不也那樣嗎？」

瞿曉星直言：「平時他搭理過妳嗎？」

洛錦桑撇撇嘴，忽然間，她感覺頭頂青色光華一閃，那光華熟悉，她仰頭一看，微微一驚，隨即笑開：「青姬怎麼來了！咦……」她眯著眼，仔細往空中瞧。「那是……」

天空之上，帶著青色羽毛的巨大翅膀飛舞而過，但那翅膀卻生得十分奇怪，不似洛錦桑以前見過的美麗，反而有些參差不齊，甚至在空中飛得有些歪歪扭扭。

待飛得更近，洛錦桑看清後一愣。

那竟是一個紅衣女子。

洛錦桑與瞿曉星都未曾見過順德公主，他們並不認識，卻直覺地感受到了隨著那呼嘯的風，殺氣漫天而來。

來者不善！

兩人起了防備之姿，那巨大翅膀轉瞬間便落在了陡峭的懸崖之上。那翅膀並非真的翅膀，而是青色的氣息化作的翅膀形狀。這樣子的翅膀，看起來與紀雲禾那九條黑氣凝成的尾巴有些相似。

順德公主赤足邁步上前，青色的氣息收斂，她臉上的疤痕未消，神情說不出的詭異。

「本宮聽聞，鮫人帶著紀雲禾在此處療傷？」她聲音沙啞。「他們人呢？」

洛錦桑與瞿曉星相視一眼，在這個世上，喜著紅衣，面容俱毀且還敢自稱本宮的人，沒有第二個。兩人心頭驚異駭然。

都知道順德公主是馭妖師，還是大國師的弟子，她如今怎會是這般模樣？她又如何得知紀雲禾還活著？竟這般快地趕了過來。

「我們不知道妳在說什麼。」

順德公主唇角微微一動：「那留你們也沒用。」

她身形一動，青色的光華裹挾著她的身影，她轉瞬便來到了瞿曉星身前。在她尖利的指甲觸碰到瞿曉星頸項之前，一記冰錐倏然自一旁斜斜殺來，釘向她的手掌。順德公主只得往後方一撤，躲過冰錐，目光向冰錐射來的方向看去。

來人銀髮藍瞳，一身黑袍，是她想要了許久也未曾到手的那個鮫人。

這天下的大亂，也是因這鮫人而起。

順德公主眸光不善地盯著他。

長意手中還拿著幾個多汁的漿果，他將漿果用一片葉子墊著，輕輕放到了旁邊，這才直起身來，看向面前的順德公主。察覺她周身的青色氣息，長意眉頭一皺。

「鮫人，本宮與你也有許多帳要算，只是，本宮今日前來，卻不是為了殺你。」順德公主眸色森冷，語氣中皆是怨毒。「紀雲禾在哪兒？」

聽到這個名字，長意手中冰劍凝聚成形。他對洛錦桑與瞿曉星淡淡地道：「讓開。」隨即冰劍破空而去，殺向順德公主。

洛錦桑見狀，還在猶豫，瞿曉星拉住她道：「走啊！別拖後腿！」

長意的冰劍砍在順德公主青色氣息延伸出來的翅膀上，撞擊的力量令周圍草木猶如被削，霎時矮了一片。

洛錦桑與瞿曉星被這撞擊的餘波推得退了三步，洛錦桑方不得不承認，現在的長意與這順德公主之戰，別說是她，恐怕空明在場也幫不了什麼忙。

她沒再猶豫，隨著瞿曉星，轉身跑向林間深處。

洛錦桑回頭一看，只見鮫人與順德公主越戰越激烈，冰封之海上，甚至風雲也為之變色。但她卻發現，鮫人握著冰劍的手冒著寒氣，漸生冰霜，似要與那冰劍黏在一起……

「先……先前聽聞岩漿之亂，鮫人施術過度，身體內息損耗嚴重，他……他沒問題嗎？」

洛錦桑跑得氣喘吁吁地問，瞿曉星也擔憂地回頭望了一眼道：「妳去北境，去北境搬救兵！我……我想辦法去海裡找雲禾。」

言談間，又是一陣狂風呼嘯而來，將洛錦桑與瞿曉星吹得一個踉蹌。這一戰，若說是長意在與大國師相鬥也不為過。沒時間計較順德公主為何忽然變得如此強大，瞿曉星連忙將洛錦桑推開，道：「快去！」

林間，兩人立即分頭行事。

海面之上，冰封之海風起雲湧，堅冰盡碎，天與海之間，兩股力量的撞擊掀起滔天巨浪。

而在深海之中，卻是一如往常寂靜。

紀雲禾心裡想著長意走之前說的話，心裡琢磨，這過去的事，是過去了，可不提，心頭卻永遠插著一根刺。

她打算等長意回來，將那些過往都與他言明。

打定了主意，紀雲禾摸摸肚子道：「這大尾巴魚，今日回來得倒是慢。」

紀雲禾想到自己耳朵上的印記，一勾唇角。她閉上眼睛，心念長意的模樣，忽覺耳朵上的印記微微泛著些許涼意，這絲絲涼意如風一般從幽深的海底往上漂去。

紀雲禾感覺自己的視線從深海之中竄了出去，腦海中的畫面一片雲翻霧湧，偶爾還夾雜著鏗鏘之聲。忽然之間，鮮血在雲霧之中噴濺而出。

紀雲禾猛地睜開眼睛。

長意出事了！

她立即從海床上站了起來，試著在手中凝聚功法，可剛一調動身體裡的氣息，她便覺得有一股灼熱之氣自胸口溢出。她體內的雷火之氣已被這海床吸食大部分，但殘餘的些許依舊妨礙著她調動內息。

時間緊迫，紀雲禾不敢再耽擱，她蹲下身拔了兩顆海靈芝，直接扔進嘴裡嚼爛了嚥下。一時間，海靈芝將那雷火之氣抑制住，紀雲禾當即手中一掐訣，徑直從長意的術法當中衝了出去。

越是往上，黑暗退得越快。

還未行至海面，紀雲禾已經感覺到海水被攪動得翻波湧浪。

她心頭更急，術法催動之下，九條尾巴猛地在海中出現。海面越來越近了，外面的光線刺痛她久未見到日光的眼睛。

她閉上眼，破浪而出，一躍站上了數十丈高的峭壁岸上。

岸上空無一人，唯有不遠處，地上有一堆漿果，底下還壓著一片葉子，在狂風與暴雨之中，漿果幾乎被雨點打爛。

紀雲禾再次試圖探明長意的方向，卻只感覺這連繫又弱又遠，像是在她出來的這段時間，長意已經走遠了千里萬里一樣。

「護法！護法！」

呼喊聲從下方的海面傳來，紀雲禾從懸崖上探頭往下一看，見瞿曉星渾身狼狽地趴在一塊在大浪中漂浮的海冰上，紀雲禾立即飛身而下，將瞿曉星帶了上來，問他：「怎麼回事？長意呢？這冰封之海怎麼會變成這樣？」

遠方觸目可及的地方皆是碎冰，天上烏雲尚在翻滾，暴雨嘩啦啦下著，瞿曉星抹了一把臉，喘著粗氣道：「順……順德公主來了……」

紀雲禾一怔，眉頭緊皺，十分疑惑。「她？大國師也來了？」

「大國師沒來，但順德公主不知道為什麼，擁有了一雙巨大的青色翅膀，一開始我還以為是青羽鸞鳥來了。她變得極為強悍，與鮫人一戰，弄得這風雲變色，鮫人身上似乎還帶著傷。他……我讓洛錦桑回北境搬救兵，自己想去海裡找您，但是下不去……」瞿曉星心煩意亂，出口的話也有些混亂。「他……鮫人為了救我，被順德從背後偷襲了……」

紀雲禾面色微微一白。想起方才自己看到的畫面，紀雲禾彷彿被狠狠捅了一刀，心頭一陣絞痛。

瞿曉星懊悔地道：「他……他被帶走了……」

「被帶走了？」

「對。」

得到這個肯定的回答，紀雲禾稍微鬆了一口氣。順德公主帶走長意，必定有她的意圖。知道長意還活著，紀雲禾心頭的慌亂頓時少了一半，她思考著——

從一開始，順德公主只是想讓鮫人服從她，而後，是紀雲禾參與了其中，放了鮫人，令順德公主的願望未能達成。再後來，地牢之中，紀雲禾毀了她半張臉，長意前來救她，所以燒了那地牢。順德恨長意，但只怕更恨她。

或許她想利用長意引她過去。再或者，想利用長意而今的身分，做一些利於朝廷的謀劃，總之斷不會如此輕而易舉地將長意殺掉。

瞿曉星自責：「與鮫人一鬥，順德最後也已力竭，若不是為了我……」瞿曉星狠狠咬牙。「我……我這便啟程去京師，便是拚上這條命，也要將鮫人救回來。」

「瞿曉星。」紀雲禾拉住他。「別說這些氣話，長意救下你，不是為了讓你再去送死的。」

「可是……」瞿曉星抬頭看紀雲禾，好似這才反應過來她與之前的阿紀有什麼不一樣似的。他眨了眨眼睛。「護法？您……您都想起來了？」

「對。」紀雲禾望著遠方長空，盡力維持著冷靜道：「該去京師的人是我，不是你。」

「護法……」

「你有你的任務，你回北境，將此事告知空明，但記得，要北境的人萬不可輕舉妄動。順德不知從何處得了這般力量，不可小覷。京師中的情況不明朗，還有大國師在，所以要靜觀其變，隨時做好準備。」

瞿曉星聽得心驚。「什……什麼準備？」

「我和長意都回不來的準備。」

*

順德公主將傷重昏迷的長意丟進玄鐵牢籠之中，朱凌將牢籠落鎖，身形一轉，像影子一樣，跟隨順德公主離開了地牢。

行至路上，順德公主忽覺心口一陣劇痛，旁邊的朱凌立即將她扶住，見順德公主正死命咬牙隱忍。

朱凌憂心地道：「公主，妳昨日方才忍受劇痛，令姬成羽與青羽鸞鳥在妳體內被煉化，今日卻為何這般急迫，將這鮫人抓回？妳的身體……」

「你不是說，他們在冰封之海療傷嗎？若不趁此時，難道等他們傷好了回到北境，我再去嗎？」順德公主冷笑。「這鮫人與那紀雲禾，是我必除之人。」

她話音剛落，身邊倏爾一陣風起，只見一身縞白的大國師倏然出現在順德公主身前。

大國師盯著順德公主，神色之間是從未有過的肅然。

「妳服了煉人為妖的藥丸，殺了姬成羽，吸納了青羽鸞鳥的力量？」

順德公主默了片刻，隨即微微一笑。大國師最愛她的微笑。「沒錯，師父。」

大國師眼睛微微一瞇。「汝菱，我說過，妳想要的太多了。」

順德公主嘴角微微扭曲地一動。「師父想要的，不多嗎？」

「妳想要的，超過了妳該要的。」

「師父。」順德公主一笑。「您這是覺得汝菱威脅到您了？」

大國師眸光一冷，揮手間，一記長風似箭，徑直將順德公主身邊的朱凌穿心而過。他身上的玄鐵鎧甲未護住他分毫，鮮血登時噴濺而出。

但朱凌與順德公主此時都還未反應過來。

朱凌垂頭看了一眼自己已經被長風貫穿的心口，又轉頭看了順德公主一眼。

「公主……」

話音未盡，他便如一灘爛肉倒在地上，雙目凸出，未能瞑目便已喪命。

順德公主轉頭，但見朱凌已經倒在地上，鮮血流了很遠，她也未能回過神來。

「汝菱，他是為妳的欲望而死。」大國師抬手輕輕撫摸她的臉頰。「而妳還活著，是因為我的執著還在。」

順德公主渾身顫慄，朱凌的血流到她未穿鞋的腳下，一時間，她竟分不清是溫熱還是冰冷。

「不過妳將鮫人擒來，卻是做得很好。」大國師抽回了手。「北境沒了他，這天下大亂的局面，還能再多個幾十年。」

他面無表情地離去，如來時一般，絲毫未將他人看在眼裡。

順德公主轉過頭，看著地上的朱凌，身體顫抖得越來越厲害……

朱凌也死了，她身邊最忠心的人也死了，她……只有孤身一人了……

是夜。京郊小院中，林昊青房間裡的燈火微微一晃。

林昊青擱下筆，一轉頭，但見一名素衣男子站在房間角落。他抬起頭來，燈光之下，是紀雲禾的那第三張男子的臉。

林昊青與她對視片刻後道：「我要妳不要去北境與京城，妳倒像是故意要與我作對一般，全都去了。」

「林昊青。」紀雲禾走到他桌前坐下，變回了自己本來的模樣。她給自己倒了杯茶。「師徒的遊戲，玩夠了沒有？」

林昊青聞言，微微一挑眉。「妳都想起來了？」

「對。」紀雲禾毫不囉嗦，開門見山。「我的來意，你應該知道。」

林昊青勾唇：「順德抓了鮫人回京，我也是片刻前方才知曉。」

「我要救他。」

「妳拿什麼救？」

「所以我要你幫我。」

林昊青轉頭，好整以暇地看著紀雲禾道：「我為何要幫妳？」

「你不一直在幫我嗎？或者說……在幫北境。」紀雲禾飲了一口茶。「你與北境，想要的是一樣的吧？你想推翻這個朝廷。」

林昊青沉默片刻後道：「可我若說，在這件事情上，我不打算幫妳呢？」

紀雲禾注視著他，眸光似劍。

「給我理由。」

同樣的夜裡，宮中地牢，長意悠悠轉醒。他的睫羽之上盡是白霜，唇色泛烏，手背已被自己的術法反噬，結成了冰。

這連日來，他施術過度，遭到反噬……

長意坐起身來，看到了牢籠外正冷冷盯著他的順德公主。

「妳奪了青羽鸞鳥之力。」長意靜靜道，不是詢問，而是敘述。

「對。關你這籠子，前日裡，關的還是那隻鳥呢。她現在已經在本宮的身體裡了。」

順德公主好似心口一痛，佝僂下身，咬牙強忍著體內撕裂一樣的痛苦。她跪在地上，周身的青色氣息倏爾暴漲，又倏爾消失，往復幾次，花了好長時間，她方才平靜下來。

「這幾日，她好像還有點不乖，不過沒關係，她和姬成羽都已經成了我的祭品，之後我還會有更多祭品。到時候，你，甚至師父，都不再是我的對手……這天下，再沒有人可以威脅我了！」

她近乎瘋癲地一笑。

「不過，你可能活不到那個時候，等紀雲禾來找你了，本宮就拿你們一起祭祀。」

長意眸光冰冷地盯著瘋狂的順德公主。

「妳動不了她。」

順德公主眸光一轉。「哦？是嗎？」

「妳的局，她不會來。」

順德公主哈哈一笑，臉上未好的疤，在地牢的火光之中成了她臉上的陰影，猶如蛇一樣，盤踞在她臉上，更襯得這張臉陰森可怖。

「她不會來？啊……這話的語氣，聽起來可真有幾分耳熟啊……」順德公主盯著長意。

「當年紀雲禾被我關在國師府的地牢裡折磨時，好似也這般信誓旦旦地與我說過，本宮抓不了你……」

長意聞言，心頭微微一怔。當年……

當年紀雲禾便這般說？

「……但你看。」順德公主繼續道。「時隔這麼多年，兜兜轉轉，本宮不還是將你抓了嗎？而且，本宮還篤定，那紀雲禾明知這是龍潭虎穴，也一定會來救你。」

順德公主的臉微微貼近玄鐵牢籠，盯著長意道：「當年，她便願冒死將你推落懸崖，放你離開，而後又獨自捨命相搏，幫你擋了身後追兵……」

順德公主的話，聽在長意耳朵裡，好似一個字比一個字說得更慢。那唇齒之間每吐出一個字，便讓他眼瞳中的驚異更多一分。

待她說完，這句話落在長意腦海裡時，瞬間便又滾燙地落在了他的心頭，一字一句，一筆一畫都在炙烤著他，又似一隻大手，將他的心臟攥緊。

「……妳說什麼？」

「哦？」順德公主笑了起來。「那個紀雲禾，竟然還未曾與你說過這些事？」

順德公主看著長意的神情，領悟過來，隨即哈哈大笑，彷彿肚子都笑痛了一樣。

「莫不是你將她囚在北境時，她竟一言一語也未曾與你透露過，她為何殺你，為何被擒，又為何被我極盡折磨，度過了那六年？」

長意臉色越來越白，素來鎮定的人，此時竟因這幾句話，唇瓣微微顫抖了起來。脊梁骨裡，一陣惡寒直抵五臟六腑，猶如尖針，連帶著將他心肝脾肺盡數扎穿，鮮血淋漓。

他的呼吸不由自主地快了起來。五指想要攥緊，卻因為心尖的疼痛而無力握緊。

「好啊好……這個紀雲禾，卻是連真相也捨不得讓你知道！」

那時的紀雲禾，身體孱弱，被他帶回北境時，已是命不久矣之相，如今一想，長意便立即想到了紀雲禾不說的原因。

將死之身，言之無意。

而現在……

她歷經生死，彷彿是在老天爺的刻意安排下，又重回他身邊。長意以為是自己的失而復得，所以他說，過去的事已無意義，不必再談。

他以為，是自己原諒了紀雲禾。他以為，是他終於學會了放下，以為是他終於學會了度己與度人……卻原來並非如此。

長意也終於明白，當他與紀雲禾說過去的事不用再提時，紀雲禾的欲言又止是為何。他也終於明白，在紀雲禾身死閉眼的那一刻，她為什麼會流下眼淚。

因為，這些話，她都沒有與他說。她獨自背負了、隱忍了……為了他。

「紀雲禾一定會來的。」順德公主涼涼地拋下一句話。「你們可以作為我的祭品，一同赴死。」她轉身離開。

長意閉上眼睛，印記讓他感知到紀雲禾的所在，她已經在京城了，在不遠的地方。她沒

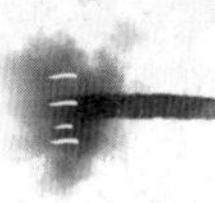

有第一時間找來，一定是在謀劃什麼，但不管她的謀劃如何周全，又怎麼能在順德公主甕中捉鱉時全身而退？

長意睜眼，眸光森冷地看著順德公主的背影。

他不能讓雲禾前來冒這個險。

長意知道，能阻止紀雲禾前來的，可以是他逃，也可以是他死。

長意撐著牆，搖搖晃晃地站了起來。

「站住。」他輕喚一聲。

順德公主在地牢的甬道中停下了腳步。

長意抬起手，黑袍袖間微微結霜的蒼白手腕露出。長意在自己手腕上咬了一口，鮮血流出，淌在地上，而那鮮血卻沒有就此靜止。它們在地上跳動著，隨著長意腕間的鮮血越流越多，那鮮血漸漸在地上凝聚成一把血色冰劍，被長意握在了手中。

「妳想要我的命，可以。想動紀雲禾，不行。」

順德公主聞言，嘲諷一笑：「鮫人，你如今憑什麼還能對本宮大放厥詞？」

長意未再搭理她，手中血色長劍一動，地牢之下，陰暗潮溼的氣息亦跟著一動，整個地牢為之一顫，更甚者，彷彿是整個京城的地底，隨之而動。

第二十五章　風聲

燈火搖曳，林昊青走到紀雲禾身邊坐下，望向紀雲禾。

「七年前，妳帶著鮫人從馭妖谷離開的時候，我以為此生絕無可能再有一日，與妳再像今日這樣坐在一起。這些年，妳先是被囚在國師府的牢中，而後又被帶往北境，我卻一直待在馭妖谷，只做一件事。」

「研製寒霜的解藥？」

「對。但我手裡並無寒霜，很長時間未有頭緒，直到順德公主令我北伐，我向她討到了寒霜之毒。紀雲禾，妳可知拿到寒霜之後，我發現了什麼？」

紀雲禾盯著他道：「我並不關心，林昊青，我來只是想找你與我一同去救長意，你若沒有主意，我便自己去。」

「不急這一會兒。妳且聽我言罷，再定奪。」他繼續道：「我在分析寒霜之毒時，找到了一味主要的毒物，此物在我年少時，林滄瀾曾與我多次提及。」

多年未聞林滄瀾三個字，紀雲禾愣了一瞬，眉頭微微一皺。

「林滄瀾也研究過寒霜？」

「他曾與我提及，有一藥物專剋此種毒物，於是我再一次踏入了林滄瀾的房間……在他死後，我從未再涉足過那處。但就因為此舉，我才能在之後去北境時，陰錯陽差地救妳一命。」

紀雲禾又是一怔，林昊青諷刺一笑。

「林滄瀾床榻之下有一密道，密道之下的密室皆是煉藥所用的器物、書籍。想來當年，他餵給妳吃的那些藥丸，便是在那製作完成的。我在他密室書案之下，發現了這個。」他從懷中貼身之處拿出一本書來，放在桌上，推到了紀雲禾面前。

「這是什麼？」

紀雲禾將書籍翻開，卻見裡面密密麻麻記滿了字。有藥方，有藥材的圖，有隨手記下的詞句，有幾頁還有像是因為心緒急亂而狂塗亂畫的一些發洩情緒的墨痕。

「裡面寫著的，是關於破解寒霜之毒的解法，還有他的一生。」林昊青又飲下一杯茶。「當時時間緊迫，順德催促四方馭妖地的馭妖師立即出發前往北境，我沒有過多時間停留在馭妖谷，便將此書帶走，一同北上。我本便意圖將馭妖師送給北境，妳做得很好。」他難得誇了紀雲禾一句。「我在路上，從此本祕笈裡也發現了煉人為妖的方法，還得知，被煉化為妖的馭妖師，將擁有兩條性命的祕密。」

所以才能在長意冰封她之後，去救她……

「我還得知……林滄瀾當年，也是國師府的弟子。」

紀雲禾一驚：「這倒是從未聽人提及。」

「他當然不會說。五十年前，大國師尚未研製出寒霜，因為一直未找到至關重要的藥引。而尚且年少，未及弱冠的林滄瀾發現了這藥引，卻並未打算將此事告訴大國師，他欲帶著他當時的新婚妻子離開國師府，但沒想到大國師以他妻子的性命相脅，讓林滄瀾交出藥引。林滄瀾一時不忍，終將藥引交出，隨後他被遣到馭妖谷，成為馭妖谷谷主，不久之後，他妻子病弱離世，而大國師研製出了寒霜，控制了馭妖一族。」

林昊青淡漠地說著，宛如故事裡的人不是他的父親，只是一個陌生人。

「林滄瀾此後一直深陷痛苦之中，認為是自己的過錯導致了族群被禁錮，二十五年後，林滄瀾老來得子，生了我。」林昊青一聲輕嘲。「他知道我生性一如他當年……優柔寡斷，難當大任。為了不讓我因為心軟或者情愛做錯選擇，所以林滄瀾狠心訓練我……他做了什麼，妳應當比我更清楚。」

林滄瀾逼迫紀雲禾背叛林昊青，將他推入蛇窟之中。他讓林昊青成為了一個和蛇一般怨毒的人……

那時候的紀雲禾是這樣想的。

「他希望，有朝一日，當他死後，有人可以帶領馭妖一族，打破大國師對馭妖一族的控制，讓馭妖一族真正自由，所以他拚命訓練我，近乎揠苗助長，只因他的時間已經不多。同時，林滄瀾也一直費心研究寒霜的解藥，終於想到了一個辦法。」

林昊青將紀雲禾放在桌上的手拉了一隻過來，將她的手腕翻過來，指了指她的腕間。

手腕之間，脈搏跳動，但現在紀雲禾已是妖怪之體，雖有雙脈之力，卻並無雙脈跳動。

「寒霜只針對馭妖師，若讓馭妖師之力與妖怪之力互相融合，則妖力便會化解寒霜之毒，這樣的藥物一旦研製出來，寒霜便再也不能控制馭妖師了。一開始的研究並不順利，許多人死了，但他找到了唯一一個成功的人。」

林昊青點了點紀雲禾的手腕。

「妳在他的嘗試當中活了下來，但其實這藥並不算完整，還需要一個馭妖師與一個妖怪的力量作為祭品，方能徹底改變妳的體質。未免難得成功的作品被破壞，林滄瀾用了十幾年的時間，將自己的靈力和卿舒的妖力透過藥丸一點一點渡到了妳的身體裡面去。」

紀雲禾五指微微一動，黑色的氣息在她掌中浮現。

黑色狐妖……林昊青的妖僕卿舒，便是黑色狐妖，難怪……

紀雲禾也倏爾想通了當年，當她與林昊青聯手殺掉林滄瀾與卿舒的時候，一個馭妖谷主與一個九尾妖狐，為什麼會弱成那樣……

原來，那時候，他們已經讓他們的力量，渡到了紀雲禾身體裡面。

「我與你殺掉林滄瀾與妖僕卿舒那一晚，正是卿舒要給妳送去最後一顆藥丸的日子。」

是的，正是那日。

也難怪，在那之後，她與林昊青暫時達成和解之後，林昊青再未在房間裡找到任何一顆藥丸，那本就是最後一顆了。

「那之後，只要打斷妳身體裡的筋骨，藥丸便會在妳身體裡重塑妳的周身筋骨。」

紀雲禾轉而又想起，她與長意離開馭妖谷之後，她為了放長意離開，將長意刺下懸崖，而後獨自面對姬成羽、朱凌以及一眾將士，她渾身被箭插滿，幾乎筋骨盡斷，而後……

她第一次用上了九尾妖狐之力。

當年那一點點的事情，在此刻彷彿瞬間都連成了線，紀雲禾愣怔地看著林昊青，這才明白，當年的自己在這個天下裡所處的位置。

「呵……」紀雲禾一笑，聲色微涼。「瞧瞧這人間，六七年走過了，人都不知道自己當年在大局裡算個什麼。」她看著林昊青。「你我不過都是盤中棋子罷了。這世間，還是大人物的遊戲。」

林昊青抬頭瞥了她一眼。「但妳我，卻將下棋的一人殺了。」

紀雲禾沉默。

想來，卻覺得更加諷刺。

林滄瀾謀劃多年，在最後一個晚上，被自己一手養大的紀雲禾與林昊青所殺。

林昊青之所以殺他，是因為他培養了林昊青這般陰鷙寡情的性格。而紀雲禾殺他，用的卻是他給她的力量。

多麼好笑……

也不知林滄瀾死在林昊青手上的那一刻，到底是遺憾，還是得償所願……

「命運弄人……」良久，紀雲禾道：「可我也無法同情林滄瀾。」

「我亦不同情他。他也不需要妳我的同情。」林昊青目光卻定定看著紀雲禾。「但我認可他。他這一生都想彌補自己的過錯，想讓馭妖一族重獲自由，想除掉大國師，還世間一個太平。他這條路，我要繼續走下去。」

紀雲禾微微瞇起了眼睛。「所以，你來到京師。」

「為了從順德手中拿到寒霜的製藥順序，我在林滄瀾的藥方上改了些許東西。」

紀雲禾皺眉道：「你將煉人為妖的藥給了順德？所以順德忽然變得這般厲害……」說到此處，紀雲禾想起先前瞿曉星與她說的話，倏爾一拍案，眸中添了十分怒火。「你為了給順德煉藥，對青姬做了什麼？」

「我沒打算用青羽鸞鳥給順德煉藥。青羽鸞鳥是怎樣的大妖怪，妳該知曉，我不會給自己找這般麻煩。只是事情的發展，有些出乎我的意料。」

林昊青亦是皺眉道：「先前青羽鸞鳥獨闖京城，卻被大國師所擒，我藉此機會回到京城，獻計於順德公主，這才要到了寒霜的製藥順序。我為順德製藥，是想將她煉人為妖。而今這世上，青羽鸞鳥尚不能殺大國師，若我等要靠武力將其斬殺，太難。而大國師對順德極其縱容，哪怕順德當真刺殺他，他也未曾對順德施什麼懲罰，我本欲以另外的妖怪煉化順德，並在其服用的藥上動了手腳……」

「你動了什麼手腳？」

「我篤定大國師在與順德的僵持之下，終有一日會死在他的孤傲與縱容上，最後的勝者必定是順德。待大國師死後，我稍施術法，便可要順德的命。」他頓了頓。「但我沒想到，她未等我為她挑好妖怪，便讓手下將領朱凌帶走了一國師府弟子，與青羽鸞鳥二者為祭，成就了她此番變化。」

青羽鸞鳥……

紀雲禾心頭一重，她閉上眼，過去種種閃過眼前。她握緊的拳頭用力得微微顫抖。半晌之後，她方將情緒按捺。

「你的術法呢？」

「青羽鸞鳥力量太強，破了藥中之術。」

紀雲禾咬牙，隨即站起身來。「我不該與你耽誤這些時間。」她轉身要走，忽然之間，林昊青的妖僕思語轉而攔在紀雲禾身前。

思語手中握著劍，溫婉的女子，此時眼中有著無比的堅定。

「阿紀，我勸妳最好不要去。」

林昊青也站起身來，他對紀雲禾道：

「而今順德得了青羽鸞鳥之力，大國師再是縱容她，心中也必定對她有了防備，這麼多年來，大國師看似對天下事皆不關心，但他有一個原則，絕不允許有任何一人在力量上與他勢均力敵。是以當年青羽鸞鳥自十方陣出來之後，他一直派人尋找青羽鸞鳥蹤跡，而後青羽鸞鳥在北境出現，他又隻身前去與其相鬥，這才讓鮫人有了可乘之機，能從京城帶走妳。可見大國師對青羽鸞鳥之力甚是忌憚。而今，青羽鸞鳥已死，力量落在順德身上，他也不會再縱容順德多久。我留在京城，稍加挑撥，兩人相鬥之日，近在眼前。」

紀雲禾微微側頭，眸光冰冷。「所以呢？」

「我不知順德從何處得知妳與鮫人的消息，也不知她得了青羽鸞鳥之力，竟率先去將鮫人抓來了。但我相信，她當時未殺鮫人，短時間內便不會殺。」林昊青冷靜道：「她這是設了局，就等妳去。」

思語也道：「妳且等些許時日，待得順德與大國師相鬥，再去救鮫人也不遲。」

「等？」紀雲禾一笑。「順德公主是個瘋子，她的瘋狂，我比誰都清楚。過去我在她手上吃的苦，我絲毫不想讓長意忍受。今日，我一定會去救他，誰也攔不住我。」

正值此時，忽然之間，大地傳來一陣顫動。一道力量自宮城那方傳來。紀雲禾耳朵上的印記讓她感知到那是長意所在的方向，她心頭一急，徑直推門而去，思語看了林昊青一眼，林昊青沒有示意思語攔住她。

「紀雲禾。」黑夜之中，林昊青站在尚餘暖光的屋中，對向著黑暗漸行漸遠的紀雲禾道：「妳記著，今日沒有人會來救妳。」

紀雲禾腳步未停，背脊挺直，慢慢消失在了黑暗之中。她的聲音，彷彿是從深淵之中傳來——

「做好你自己的事。今日你從未見過我。」

*

紀雲禾潛入地牢之際，本以為會有一番爭鬥，但她所到之處，四周皆有無數寒冰，而這些寒冰卻與一般術法凝聚的寒冰不同，寒冰的尖銳之處皆帶有一抹鮮紅，好似是鮮血的印記，但明明這些尖冰根本沒有傷及任何人。

紀雲禾心頭倏有不祥的預感，她腳步加快，越發著急地往地牢最深處而去。

她一直向裡走，越走，氣息便越寒冷，四周帶著血紅色的寒冰也越發多了起來。及至轉角處，紀雲禾倏爾看見牢籠之外的順德公主！

順德公主也倏然一轉頭，一雙瘋狂的眼睛瞪著紀雲禾。

「紀雲禾！」她一字一句喊著她的名字，帶著蛇蠍一般的怨毒，但聽在紀雲禾耳朵裡，卻與當年沒什麼兩樣，只是順德公主如今一身紅衣破敗不堪，頭髮散亂，哪還有半分高傲公主的氣勢。只有那股瘋狂，更比當年強了數百倍不止。

她身後的青色氣息凝成的大翅膀撐滿了牢中甬道。

她以手中的青色氣息擋在身前，而在她面前的牢籠裡，血色冰劍正在與她角力對峙。

紀雲禾沒看見牢中的人，但想也知道能弄出這動靜的是誰。她沒有猶豫，腰間長劍一出，徑直往前一擲，長劍附帶黑色的妖氣，從側面向順德公主殺去。

順德公主一咬牙，方想擋，可顯然對付長意已經用完了她所有力量。紀雲禾的長劍輕而易舉地穿過她的防禦，刺過她的肩頭，徑直將她的身體釘在了地牢的牆上。

順德公主一聲悶哼，身體脫力，靜靜地被釘在牆上，一動未動，好似接連的戰鬥已經讓她喪失了繼續下去的力氣。

紀雲禾未免萬一，又將袖中匕首擲出，匕首正中順德公主喉間，鮮血流淌，順德公主氣息登時消失。

紀雲禾這才走上前，而面前的一幕，卻讓紀雲禾徑直呆愣在當場。

玄鐵牢籠之中，血色冰劍之後，長意渾身皆已被寒冰覆蓋，宛如被冰封其中，他的臉頰也在薄冰之後，唯有那雙藍色的眼瞳，讓紀雲禾方才感覺他還有兩分活著的生氣。

「長意……」

眼前景象好似他們此生見的第一面。他是被囚在牢中，遍體鱗傷的鮫人，她是在牢外的馭妖師。

但這到底不是他們此生所見的第一面了。紀雲禾狠狠一咬牙，忍住心頭心疼，手中凝聚術法，變化為劍，拚盡全力一揮，砍在那玄鐵牢籠的大鎖之上。

牢籠震顫，玄鐵之鎖應聲而破。紀雲禾拉開牢門，立即衝了進去。她奔到長意身邊，身後九尾顯現，她周身染著狐火，一把將面前被封在冰中的人抱住。

她輕輕呢喃著他的名字，狐火將堅冰融化，裡面的人終於慢慢從薄冰之中顯露出來。紀雲禾立即伸手捂住他的臉頰。

「長意……長意……」

絕美的容顏冷得讓狐火圍繞的紀雲禾也有些發顫，但她沒有放手，怎麼可以放手？她雙手輕輕搓著長意的臉頰道：「快點暖和起來，摸摸就好了，摸摸就好了。」

而長意卻未曾動過一下。

直到他渾身的冰都已融化，他的身體已經柔軟下來，冰藍色的眼瞳閉了起來，再無其他的力量支持，他整個人便向地上倒去。紀雲禾立即將他抱住，她不停用狐火揉搓他的臉頰，又在他的掌心摩挲。

「長意，我好不容易回來了，想起來了……說好了回北境，我不許你食言。你以前與我說，你們鮫人不說謊的……」

紀雲禾溫暖著他的掌心，卻看到了他手腕上的傷口。

紀雲禾知道這是什麼，長意認為自己的力量不足，於是以血為媒，幾乎是賭上了自己的生命，在與順德公主相鬥。

這段時間，接二連三的消耗足以要了他的性命。

紀雲禾緊緊咬住牙關。「你不許騙我……」她再難忍住心頭情緒，將頭埋下，貼著長意的臉頰，哽咽著，再難開口吐出一字。

忽然間，一股微涼的呼吸在紀雲禾耳邊響起。

紀雲禾立即抬起頭來，卻見那蒼白至極的嘴唇微微張開，他呼出的氣息在空氣中繚繞成白霧，雖然微弱細小，卻足以讓紀雲禾欣喜若狂。

「長意。」她重新找回了希望。「你等著，我帶你回北境。」

「妳不該……」虛弱的聲音宛如蚊吟，但紀雲禾將每一個字都聽清楚了。「……來涉險……」

紀雲禾又幫他搓了搓手，待得感覺他的身體恢復了些許溫度，紀雲禾這才將他架在肩頭上。

「走，回去再說。」但未等紀雲禾邁出一步，那方被釘死在牆上的順德公主喉間倏爾發出了幾聲怪異至極的笑，宛如是什麼詭異的鳥在日暮之時啼叫，聽得人心頭發寒。

紀雲禾望向順德公主。她還是被釘在牆上，一把匕首一柄劍，皆直指致死之處，但她還活著，陰魂不散。

「就等妳來了……」順德公主喉間聲音嘶啞。「妳終於來了，今天你們都將成為我的祭品。」

紀雲禾看了一眼長意，心知而今在京城，大國師不知何時會插手此事，她不宜與順德公主纏鬥。紀雲禾手中掐了訣，想要就此御風，但未等她手中術法開啟，地牢之上的天花板倏

爾裂開，紀雲禾一怔，但見上方一個青色陣法輪轉，接著宛如變成了一個巨大的鐘，將她與長意往其間一罩！

整個世界霎時變得漆黑。

陣法之中的紀雲禾感覺她與長意忽然下墜，像是地板突然裂開了一樣，他們不停往下墜，往下墜，彷似被那怪笑拉拽著，要墜入這地獄的深淵……

紀雲禾什麼想法都沒有，她只死死抱住長意，心裡打定主意，無論如何，不管天崩地裂或要命喪於此，她都不會再放開這鮫人。

不知在黑暗之中下墜了多久，失重感倏爾消失，她抱著長意坐在一片漆黑當中，不見日月，不分東西。

「長意？」

「嗯……我在。」長意聲音沙啞虛弱，但還是回答了她。

知道長意暫時沒事，紀雲禾稍稍放下心來，開始分析自己的所處局勢。

她知道，順德公主抓了長意，便是為了誘自己前來。她布下陣法，想要抓她，這裡，便是順德公主的陣中。

但很奇怪，照理說，當她找到長意的那一刻，順德公主的陣法就該捕捉他們，捕捉到之後，就該動手了。順德公主方才說，想讓他們兩人成為她的祭品，想來，她是想要吞食他們兩人的力量，但她沒有第一時間這麼做。

可以推斷出，之前長意與紀雲禾給她造成的傷，影響不小，也打破了她本來的計畫。她暫時用陣將他們困住，是想等她身體恢復之後，再來處置他們。

而順德公主恢復的時間，便是他們的生機。

「這是局……」長意對紀雲禾道：「妳本不該來。」

「該不該我心裡清楚。你還記得我之前與你說的嗎？我有選擇的權利，這就是我要的自由。」紀雲禾問他：「傷重嗎？」

「重。」他倒是給了個誠實的答案。「但還死不了。」

「好。」紀雲禾站起身來。「我揹你，我們一起去找陣眼。」她一邊說著，一邊將長意揹起來，待得長意在她背上趴好了，紀雲禾卻在這樣的情況下倏爾笑出了聲來。「大尾巴魚，這一幕是不是似曾相識？」

長意趴在紀雲禾背上，聞言，沉默了一瞬，蒼白的唇便也微微勾了起來道：「是。」

十方陣中，他魚尾尚在，行走不便，紀雲禾便也是這樣揹著他，在十方陣中行走，尋找陣眼。

而現在，他開了尾，還是得讓她來揹。

「十方陣都走出去了，區區一個順德公主布的陣還能困住你我？」紀雲禾道：「待破了這陣，回到北境，你傷好了，我也得讓你揹我一次。」

「多少次都行。」長意言罷，微微一默。「紀雲禾……」他頓了頓，忍住了喉間情緒。

「為什麼不告訴我？」

紀雲禾轉頭看了長意一眼，本想問告訴你什麼，但轉念一想，長意與順德公主相鬥，而後對她說出這句話，他們之間的隱瞞還剩下什麼，一目了然。

紀雲禾心想，當年的事情，也差不多是時候告訴長意了，卻沒想到，竟然是透過順德公主這個始作俑者的嘴讓長意知道的。

「本來想等你給我拿吃的回來之後，告訴你的。」紀雲禾輕淺一笑。這段過往，輕得好似一段茶餘飯後的閒談。「結果不是被截和了嗎……」

「長意，你說得對，那都是過去的事了。」

黑暗中，長意沉默了半晌，聲色壓抑，帶著懊悔。「我早該想到……」

「這話不該由我來說。」

「不，正是該由你來說。那是過去的事了，我不告訴你，是認為我這個將死之人告訴你沒有意義，而且我也害怕，怕你知道所有事後依舊恨我，恨我剝奪了你選擇的權利。」

銀色的長髮落在紀雲禾肩頭。「我不會。」

「但是我還是害怕，現在告訴你，也依舊怕你怪我。但我並不是將死之人了，我也不再是孤身一人。」紀雲禾道：「以後的歲月，我想牽著你的手走過……或者揹著你，亦可。」

她笑了笑，看著空無一物的前方，卻好似看見了滿山春花，見到了陽光的模樣。

「我想與你之間，再無隱瞞。」

她說得平淡且平靜，卻在長意湖水一般透藍的眼瞳裡掀起漣漪波浪。

他閉上眼瞼，忽然道：「順德公主是個瘋狂的人……」

「嗯。」

「她做對的唯一一件事，是把我送去了馭妖谷。」

紀雲禾腳步一頓，倏爾思及這些年來長意所經歷的事情，再細想他這一句話，紀雲禾一時間，卻覺得心頭鈍痛不堪。

順德公主把他送去馭妖谷，他被折磨、鞭打、開尾，經歷過這麼多的苦與難，但他卻說，那是順德公主唯一做對的一件事……

因為他在那裡遇見了她……

紀雲禾在幽深的黑暗中沉默良久，她再次開口時的聲音帶著強裝笑意，隱忍著哭腔的顫抖。

「你這條大尾巴魚，就喜歡說一些出其不意的話……」

經過這麼多事，他看起來好像變了，但還是擁有那一顆赤子之心，簡單、美好，善良得讓人……

自慚形穢。

*

黑暗彷似毫無邊界，紀雲禾揹著長意在黑暗中靜靜走著，有一瞬間，她幾乎覺得他們就要這樣走到天荒地老，但這四周的黑暗終究是虛妄，周圍氣息在黑暗中飄動，無論什麼陣法，內裡仍舊免不了氣息流動，除了十方陣那樣的大陣，順德公主的陣法依舊脫不開常理。

紀雲禾從氣息來去的方向判斷五行方位，辨別生門所在。

很快，紀雲禾找到了方位。她揹著長意往那方走去。

「你看。」紀雲禾對長意道：「我說這陣法困不了我們多久吧。」她這麼說著，身後卻沒傳來回應的聲音。她微微側過頭，卻見長意竟然在她肩頭昏過去了。

紀雲禾心頭一痛，長意身體的損耗太大……他身上的傷也不能再耽擱了……

紀雲禾心頭有些急，腳步更快，卻在此時，四周黑暗倏爾一顫。紀雲禾眉頭一皺，不知道外面出現了什麼狀況，立即加快步伐往生門走去。

她每踏一步，四周黑暗顫抖得便越激烈。她尚未到生門，也未做出任何破陣之舉，這陣法的震顫必定不是來自她的舉動。是外面……是順德公主嗎？

她想毀了陣法，將他們直接埋葬在陣法之中？

紀雲禾心頭大急。

忽然間，在一片黑暗之中，他們正前方倏爾打開了一絲縫隙。在黑暗中，那方透出來的光華顯得如此耀目。

光芒之中的人影，紀雲禾再眼熟不過，但她沒想明白，這個人……為什麼來了？

「快。」林昊青在光華之中低聲催促。

紀雲禾揹著長意，掠過林昊青身側，邁步跨出黑暗。而在他們離開黑暗的那一瞬間，身後的黑暗霎時消失。

他們還在地牢之中，腳下踩著一個殘破的陣法，陣法尚且還散發著金色的光，只是光華頹敗，陣中的陣眼被人一腳踏在上面。紀雲禾看著踩在陣眼上的人，道：

「你怎麼來了？」

林昊青也上下打量了紀雲禾一番，見紀雲禾沒有大礙，他神色稍緩了片刻，但看見紀雲禾背後傷重的鮫人，他又是眉頭一皺，道：「先離開京師。」沒再猶豫，他引著紀雲禾從破開的玄鐵牢籠之中走了出去。

而此時，在玄鐵牢籠外的牆上，順德公主身上被釘上了第三把劍，是林昊青的長劍，劍所殺的位置，正是她的內丹之處。

「她死了嗎？」紀雲禾問。

「要殺她還得費點功夫。」林昊青在前面引路，頭也未轉，便道：「沒時間與她耗。」

與林昊青一同走了兩步後，紀雲禾望著他的背影道：「你不是說今日沒人會來救我嗎？」

林昊青沉默了一瞬，依舊未曾轉過頭來看她，只道：「妳的命是我救回來的，死得這麼快，太可惜。」

紀雲禾勾了一下唇角，仰頭望著林昊青走在前面的背影。而今這境地，更比他們小時候去的花海蛇窟要危險萬倍，如今的林昊青也好似比當年的林昊青要陰狠毒辣萬倍，但兜兜轉轉這麼多年，林滄瀾以為自己改變了林昊青，林昊青也以為自己被改變了。

不過，他做的選擇，還是那個在花海之中的少年會做的選擇。

「多謝……師兄。」

她與林昊青這一生的命運都是棋子，他們都無數次想擺脫自己的身分與枷鎖，但到現在，走到了如今這般年紀，紀雲禾早已明白，真正解開枷鎖的辦法並不是否認，而是負重前行。

林昊青依舊沒有給紀雲禾任何回應。

兩人帶著長意離開了地牢，而踏出地牢的那一瞬間，前方卻傳來一道令紀雲禾心頭一凜的聲音：「兄妹情誼，甚是感人。」

地牢出口，一襲白衣的大國師靜靜站在那方。他的神色，一如紀雲禾那六年所見一般平靜冷淡，但在現在這樣的情況下遇見他，紀雲禾卻是萬分不願。

以前在牢裡，紀雲禾不懼死，所以也不懼他。而今，紀雲禾卻有了牽掛的人，也有了害怕的事，且這個大國師，針對的……恐怕就是她最牽掛的。

果不其然，大國師靜靜道出下一句話：「鮫人留下，你們可以走。」

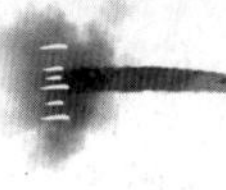

他一身素白，在四周髒亂的環境當中顯得那麼突兀，又那麼令人膽戰心驚。

「我拖住他。」林昊青悄聲與紀雲禾道：「妳帶鮫人走。」

可未等他話音落地，大國師輕輕一抬手，手指一動，一股長風便似龍一般，呼嘯一聲，徑直撞上林昊青胸膛，將他狠狠擊倒在地，而那風卻未曾散去，不停吹在他身上，將他壓在地上，連一根手指頭都抬不起來。

大國師的力量在這片國土之上巔峰了數十年，林昊青在他面前，與其他人，或者說其他螻蟻，並無二致。

他甚至未將目光再放在林昊青身上片刻，轉而盯向了紀雲禾。

紀雲禾放在身後護住長意身體的手微微一緊，幾乎是下意識地，身後九條黑色的狐尾轉瞬出現。她盯著大國師，他那雙看似什麼都沒有的眼睛裡，其實滿滿的都是對這個世界的憎惡與厭倦。

「鮫人留下。」大國師對紀雲禾道：「妳可以走。」

「我不會把他留下。」紀雲禾說著，倏爾心生一計。她忍住心頭對面前人的力量本能的恐懼，將九條尾巴收了起來，盯著大國師道：「若是同樣的情況，你保護著寧悉語，你會拋下她，自己離開嗎？」

這三個字像一根針，扎進了他淡漠的眼珠裡。

大國師看著紀雲禾，四周的一切已經退遠，他只盯著她問：「妳是從何處知道這個名字？」

「夢裡。」

「夢裡？」大國師眉眼倏然輕輕一瞇，身形如風，下一瞬，紀雲禾便感覺自己喉頭一緊。她下意識將長意鬆開，長意落在一旁的地上，而這方，不過是個眨眼的剎那，等再反應過來之時，她已經被大國師掐著脖子壓在身後的青石牆壁上。大國師的力道之大，徑直讓紀雲禾身後的青石牆撞出了數條縫隙。

紀雲禾胸口一痛，一口血腥味自胸腔湧上，卻被大國師掐在了喉頭。

未帶任何術法的攻擊，簡簡單單的，便讓她反抗不得。她的命是如此輕易地懸在了大國師的五指之間。

及至此時，紀雲禾方知，什麼寒霜，什麼煉人為妖，什麼算計謀劃，在這人的絕對力量面前都不值一提。他抬手間，便足以掌控所有人的生死……

哪怕是已經獲得了妖狐之力的紀雲禾。

「紀雲禾。」大國師眸中殺氣凜冽。「妳有很多小聰明，但不要玩錯了地方。」

紀雲禾周身術法，不管是妖力還是馭妖師的靈力，皆像是被剛才那一撞給撞碎了似的，根本無法凝聚。她只得壓住本能的恐懼，嘴角微微顫抖著勾起，道：

「寧悉語……她總是穿著白色的衣服站在雲間……」

大國師瞳孔緊縮。

紀雲禾繼續道：「她說，她在世上的每一陣風中……」

正適時，微風忽起，如絲如縷，輕輕拂過大國師的耳鬢髮間。或許清風本無意，但在此時大國師的感觸當中，他卻不得不愣神。他指尖的力道微微鬆開，紀雲禾腳尖方能觸及地面。她接著道：

「風知道的事情，她都知道。你這些年的作為，你的師父都看在眼裡。」

五指鬆開，大國師愣怔地看著紀雲禾，目光落在她臉上，卻好似又透過她在看遙不可及的某個人。

「師父……」低吟而出的兩個字，好似能穿透數十年死寂又孤獨的歲月。

胸口的血終於從口中嗆咳出來，紀雲禾捂住胸膛，緩了片刻，止住咳嗽，方繼續盯著大國師，道：「青羽鸞鳥隻身前來殺你，是因為寧悉語帶我在夢裡看了你當年做的事。」紀雲禾清晰地將這些事一字一句告訴他。

大國師若像順德公主一樣，是個完全瘋狂的人，那這些話對他來說，不過只是一陣風，毫無傷害，但紀雲禾篤定，這大國師的瘋狂，卻是源自對一人的求而不得。他生命中所有的死結，都繫於一人身上。

寧悉語是他的死穴。

他的力量有多強大，執念有多深沉，過去的這個死穴，就會將他扎得多痛。

「你設計了寧若初，你告訴寧若初，他可以去十方陣中陪伴青羽鸞鳥，但你卻利用他封印青羽鸞鳥，而後十方陣又將他殺了。青羽鸞鳥得知此事，前去馭妖谷查探真相，果不其然，你看，她之前就來找你了。你沒弄明白吧，為何青羽鸞鳥如此長的時間也未有動作，卻在此時突然發難……是寧悉語……」紀雲禾微笑看著他，輕聲道：「想殺你。」

宛如天塌山崩，大國師在紀雲禾身前微微退了一步。

「你想讓天下給她陪葬，你想為她辦喪，但她唯一想帶走的人，只有你。」

大國師神情恍惚，彷彿這一瞬間，人世間的所有都離他遠去了。

在大國師身後，被紀雲禾放下的長意，此時捂著胸口坐起了身來。

長意轉頭，藍色的眼瞳掃過四周，但見紀雲禾與大國師站在同一處，長意一愣，指尖冰霜之氣微微一動，寒氣在他手中化為長劍，又倏爾消失，往復三次，長劍方在他手中凝聚成形。

他以寒劍指地，撐起身子，再次挺直背脊，向大國師走去。

紀雲禾見長意毫無畏懼地向自己走來，他一身的傷，氣息紊亂，施術過度的反噬幾乎要了他半條命，但他還是向她走來了。

這樣願以命為她相搏的人，當然也值得她以命守候。

於是，在長意動手之前，紀雲禾身後黑色的九條尾巴霎時展開，妖異的黑色氣息頓時鋪天蓋地。她將長意隔絕在妖氣之外，長意一愣，卻見紀雲禾手中妖氣徑直向大國師胸膛殺去！

但大國師只是直愣愣地看著她，並沒有任何躲避與反抗。

紀雲禾手中妖氣重重擊中大國師胸膛，她卻忽然睜大了眼瞳！她……她的術法竟如同打在一團棉花上一樣，力道霎時被分散，下一瞬間，大國師身上光華流轉……

被紀雲禾攔在黑色妖氣之外的長意瞳孔一縮。

只見大國師身上的光芒猛地凝聚在他心口，彷彿將紀雲禾方才打出去的那些黑色妖力全都轉化成了白色的光華，眨眼間又重新凝聚在他的胸口。

「雲禾……」

長意嘶啞至極的呼聲尚未來得及傳到紀雲禾耳裡，紀雲禾便感覺掌心猛地一痛。

「護體仙印……」紀雲禾不敢置信。在大國師心口，竟有護體仙印？

大國師心口處一道反擊的力量撞上她的掌心，紀雲禾的手臂在這一瞬，彷似寸寸筋骨都被這道力量擊碎。

紀雲禾猛地被推開，再一次重重撞在身後的青石牆上。

黑色妖氣霎時消失，她身後的九條尾巴也消散不見，紀雲禾的身體猶如沒有骨頭一般，從牆上無力地滑下，摔倒在地，宛似已經昏死過去。

長意心緒湧動，手中長劍徑直刺向大國師後背。

大國師依舊沒有絲毫躲避，眼見那長劍便要刺穿他的後背，此時，一個彷彿被血糊透全身的人從一旁衝出，徑直擋在大國師身前……

順德公主……

她掙脫了將她禁錮在牆上的劍，帶著一身的血，擋在了大國師身前。長意的劍沒入她的肩頭，她狠狠一咬牙，手抬起將長意的冰劍握碎，長意手中術法再起，四周的水氣凝聚為針，殺向順德公主與大國師。

順德公主立即將宛如失神的大國師往旁邊一拉，幾個縱身避開了冰針。那冰針入地三分，卻在入地之後立即化為冰水消融。

順德公主帶著大國師落在一旁，她一身的血，汙了大國師縞素的白袍。

「師父……師父……」順德公主眼神顫抖，近乎瘋狂地看著大國師。「我不會讓你死在別人手裡，我不會……」

大國師側過眼眸，看見順德公主疤痕仍在的臉。此時，她臉上有傷也有血，看起來好不狼狽，又好似觸動了大國師記憶深處的某個不為人知的畫面。他瞳孔微微一顫，抬起手，輕輕落在了順德公主臉上。

大國師的手掌微涼，觸碰了順德公主臉頰，讓她微微一抖，眼中的瘋狂稍稍退去幾分，卻有了近日來從未有過的些許平靜。

「師父……」

順德公主的這兩個字彷彿驚醒了大國師。他眸中的頹敗與失神消失了片刻。

「妳不是她……」

四字一出，順德公主眸中的平靜，霎時被撕得稀爛。

大國師復而一轉頭，又看向被自己的護體仙印擊打在牆角的紀雲禾，道：「她也不可能見過她……」大國師微微瞇起了眼睛。「這麼多年，都未曾有人見過，紀雲禾亦不可能。」

長意逼開了兩人後，拖著自己近乎僵硬的身體走到了紀雲禾身邊。施術過度讓他渾身極度難受，但這些苦痛都不能阻礙他。

長意行到紀雲禾身邊，他觸碰紀雲禾的手臂，卻感覺紀雲禾受傷的那隻手十分綿軟無力。長意心頭疼痛不已地道：「紀雲禾……」他喚她的名字，聲音微抖。

紀雲禾沒有回應他。她唇角的鮮血讓長意心底一陣驚惶，彷彿又回到了那寂靜的湖上，他靜靜地將她沉於冰湖之中，想著此生再難相見……

未等長意心頭撕裂的疼痛持續多久，一道白色的身影向他們這方踏來，腳步前行帶來的巨大壓力讓長意猶如身在千萬重壓之中，但這壓力並不能讓他低頭。他轉頭看向大國師。

大國師神色肅殺，一步一步向紀雲禾走來，神情之間有了凜冽的殺意。

「妳不可能見過她。」大國師聲色冷冽，比北國冰霜還要刺人。

長意在萬千重壓之中，仍舊以劍拄地，站起身來，不躲不避，護在紀雲禾正前方。

四目相對，大國師輕蔑地發出一聲冷哼：「鮫人，你自身難保，更別想護住她。」

「護得住。」沒有廢話，只有這擲地有聲的三個字。

大國師抬起手來，手中結印，廣袖一揮，便是萬千風化作刃，殺向長意。

長意手中冰劍一橫，冰柱平地而起，橫在長意身前擋住風刃。大國師眉目冷凝地道：「強弩之末。」四字一出，他手中結印再起，光華流轉之間，風刃斬破長意面前的冰柱，迎面砍向他，卻在臨近他面前的時候一轉方向，徑直向他身後的紀雲禾殺去。

冰藍色的眼瞳一縮，長意身形往後一撤，抱住昏迷的紀雲禾，以身為盾，硬生生接下了大國師的風刃。

黑袍之上登時血跡橫流，血色沒入黑色的衣袍間，若不是衣衫破損，有血滴落，他人從長意臉上連半分感到痛楚的表情也看不出來。他只望了一眼懷裡的紀雲禾，風刃落在他身上，好似落在旁邊的石頭上一樣，無法令他有絲毫觸動，除非……落在紀雲禾身上。

而這些情緒與心思，不過也只在轉瞬之間。他確認過紀雲禾沒有受傷，耳朵聽見大國師腳步又上前一步時，手中冰劍往面前一擲，冰柱再次展開。

「徒勞。」大國師冷冷一聲喝斥，冰柱再次被盡數斬斷，而在電光石火間，一滴血穿破冰柱，向未來得及防備的大國師射來。大國師微微一側身，終於第一次主動採取了防禦動作，但當他回過頭來時，眉角處卻被血滴凝成的寒冰劃了一道淺淺的血跡。

大國師腳步微頓，任由血珠從眉角滑過他的半邊臉，滾落在地。

強弩之末的鮫人竟然能傷他？

「這人世百年以來，也就你這隻妖怪尚且能看。」大國師說著，抹掉眉角的血，看向長意。

施術過度，讓鮫人從指間開始結霜，唇齒間呼出的氣息白得令人無法忽視。他的眼瞳似乎連要轉動都受到了阻礙，緩慢且僵硬地看向大國師。

「不過，也僅僅如此了。」

大國師周身風聲一起，天上風雲湧動，地牢外這方寸之地的空氣霎時凝重得讓人連呼吸都變得十分困難。

那身素白的衣裳在風中狂舞，他盯著長意，眼看著竟是對長意動了殺心，卻忽然間，一絲清風不受他操控地穿過了他耳邊。風那麼輕，幾乎讓人察覺不到。但那風卻帶動了一片不知是從何處而來的飛花，穿過狂風，越過他身側。

在這般氣息洶湧的場景之中，那飛花飄飄嫋嫋，向紀雲禾而去。花瓣落在紀雲禾垂在地上的指間。

而後任由四周氣息洶湧，那花瓣也沒有再動了。

大國師眼睛微微瞇起，看著紀雲禾，忽然間，纏繞飛花的那股清風好似繞上了紀雲禾的袖間。清風撩動她的衣袖，而後纏著她的手臂向上而去，吹動她垂下的髮絲，拂動她的衣襟。

紀云禾睫羽微顫，便是在這震顫間，她倏爾睜開了雙眼。

一雙素來漆黑的眼瞳裡，驀地閃過一絲奇異的光華。她眨了一下眼，長意凝視著她的眼睛，卻從那雙眼瞳裡看到了與往日全然不同的神色與情緒。

微風繞著紀雲禾的身體，給她支撐的力量，讓她從地上站了起來。

她注視著大國師，未看長意一眼，道：「抱歉，借用一下她的身體。」

開口說話間，聲音的起伏語調也與平時全然不同。

紀雲禾好像在這轉瞬之間變成了另外一個人。

長意愣怔。

如此情景……

眼見紀雲禾站起身來，大國師微微瞇起了眼睛，在他全然沒有準備的時候，紀雲禾周身氣息一動，而她用的絕不是妖力，而是馭妖師的靈力。神奇的是，她用的是……與大國師一模一樣的術法？

空氣中的風好似被「紀雲禾」吸引了一樣，從大國師身邊開始不斷往「紀雲禾」身邊而去。

風太過猛烈，捲著塵土，畫出了一道道痕跡，而這些痕跡讓無形的風變得有跡可循。大國師與「紀雲禾」之間，似乎……開始了一場關於風的爭奪之戰。

「紀雲禾」凌空站著，目光之中冰冷又凝肅。她盯著大國師，手中一掐訣，那空中的風便再難自持地向「紀雲禾」而去。

而大國師，在初聞「紀雲禾」周身的風聲時，便已然卸了三分殺氣。他震驚又不敢置信地看著「紀雲禾」，此時又見「紀雲禾」手中掐訣，那指尖的弧度、每一個動作的轉變，都讓大國師心中的震撼更加難以控制。

過去的畫面一幕幕在腦中浮現，那「已逝者」的容貌與聲音都在耳畔響起。

「這裡得這麼做……」

「不可以偷懶。」

「我收的徒弟可真是聰明……」

一幕幕、一句句，皆猶在腦海之中徘徊，哪怕過了百年，再過百年，他也不會忘懷……不用「紀雲禾」再與他在這風中對峙，他自己便已沒了爭鬥之心。

所有的「風」都落在了「紀雲禾」身邊，她踏在捲著塵土的風上，居高臨下地看著大國師，那神情與大國師記憶中的人霎時吻合。

「師父……」

之前所有的否認、殺意此時都盡數變成了心尖與唇角的震顫……

兩個字從他口中吐出，而這兩個字，對大國師而言，意味著什麼，在他身後的順德公主，一清二楚。

順德公主望著「紀雲禾」，身側的手緊緊攥成了拳頭。

而此時的「紀雲禾」，手中印已結，沒有人看清她的身影，她轉瞬便落在大國師身前。

或許，大國師是看清了，但他沒有躲，他凝視著紀雲禾，目光似乎已經穿透了她，觸及了她的靈魂。

大國師不躲不避，像是已經等了這一刻許久一般。他看著「紀雲禾」被震斷的手臂在風的幫助下再次抬了起來，看著她手中結印的光華，直至那光照亮他漆黑的眼瞳，同時也照進他百年以來都未曾敞開的心底深淵。

狠狠一掌，沒有半分猶豫地擊打在大國師的胸膛之上。

同樣是在他心口的位置，結果卻全然不同。

大國師心口處的護體仙印剛剛開啟，光華流轉不過一瞬，便像是被阻礙了一樣，只是徘徊在那受擊之處，散發著顫抖的微光。忽然間，「轟」的一聲，光華破裂，護體仙印碎了。

而大國師卻似什麼都沒有感受到一般，不掙扎，不反抗，只靜靜看著「紀雲禾」。

「妳一直都在。」他想著紀雲禾先前說過的話，嘴角竟然勾了起來。「妳一直都在。」

護體仙印裂開的縫隙越來越大，大國師唇角滲出血來，他未動，未擦，只注視著面前的「紀雲禾」。

聽著護體仙印清脆的破裂之聲，「紀雲禾」冷凝的表情下終於流露了片刻的動容。

「我身死之前，護你性命，予你護體仙印，不是想留你在人世，將這人世變為煉獄。」

「妳想殺我，求之不得。」大國師的神色無絲毫苦痛，隨著他心口的光華在「紀雲禾」掌下慢慢消散，他卻竟像釋然似的微微笑了起來。

他說著這話，就好似已經等了這天許久一般。

「紀雲禾」唇角微微顫動，繞在她身上的風卻變得更加洶湧。她咬緊牙關，那所有的風都繞著她，向她掌心傳去。

風聲呼嘯間，大國師心口的仙印光芒越來越弱，在最後一聲破裂聲響後，光華徹底消失！

仙印破碎，力道散於四周，摧草折木。那方一直被大國師術法壓制的林昊青此時終於獲得自由，他翻過身來，在地上痛苦地咳嗽。

而「紀雲禾」的眼睛在此時開始慢慢閉上，淚水懸在她的眼角，將落未落，大國師卻笑著看她，終於，在「紀雲禾」眼睛將要徹底閉上時，一聲厲喝自大國師身後傳來！

「我不許！」

順德公主瘋狂地撲上前來，她怒吼著，在所有人都未反應過來的時候，她五指化爪，徑直從大國師身後殺上來，似刀如刃的指甲一瞬間從背後穿透了大國師的身體。

鮮血登時從大國師背後湧出，大國師微微轉頭，身體裡殘留的無數術法盡數透過順德公主的指甲，被她吸入了體內。

巨大的力量瞬間湧入順德公主的身體，讓她的面容變得扭曲又猙獰。

她狂笑著：「哈哈哈！要殺你！只有我可以殺你！哈哈哈哈！」

她發瘋了似的笑著，拚命吸取大國師身體裡的力量！

而此時護體仙印不再，大國師已受重創，再難推開順德公主，面前的「紀雲禾」周身的風卻在慢慢退去，「紀雲禾」的眼睛終於徹底閉上。

大國師一抬手，卻是用最後的力量，將紀雲禾送到了長意懷裡。

「走……」

他的話裡已無先前的力量，順德公主身上的傷口在大國師的力量湧入身體後，都以肉眼可見的可怕速度在癒合。她轉頭，身上的青色氣息暴漲。

「今日誰都別想走！」她尖利地笑著。「你們都得死在這兒！你們都得死在這兒！從此以後這天下就是我的了！哈哈哈！」

長意抱著紀雲禾，施術過度令他行走得十分艱難。在鋪天蓋地的青色氣息之下，他極難再凝聚術法，哪怕連要御風也是不可。

長意看了眼遠處還趴在地上痛苦咳嗽的林昊青。在大國師的那一擊之下，他的身體似乎也受到了重創……

死局……

正是危難之際！忽然間，天邊一道白色的光華劃過，從天而落，砸破順德公主以那青色光芒布下的天羅地網，落在地上。

長意未看清來人的模樣，只感覺手臂被人一拽，下一瞬間，他便看見林昊青出現在自己身側。

來人一手一個，不過轉瞬之間，便帶著他們再次撞破順德公主的青光，衝上天際，徹底離開了順德公主那尖銳笑聲可以傳達的地方。

人被救走，順德公主卻並不著急。她將大國師體內最後一絲力量盡數吸盡，隨後便將大國師推開。大國師踉蹌兩步，趴在地上，他已有許多年的時間，未曾以這樣的角度看過大地，也未曾以這樣的角度仰望他人。

他轉頭看著順德公主，這憑著他自己的執念一手養大的女子……力量湧入，讓她的一張臉變得可怕至極，那些未曾癒合的傷疤此時被青色的氣息填滿，橫亙在她臉上，宛如樹根盤布交錯，尤為駭人。她眼中已全然沒有了人性，只餘想要殺戮的瘋狂。

她看向天際，隨手揮了一道力量出去，似想將逃走的人打下來，卻被擋了回來，力道落在大國師身側，在地上劃下了極深的印記。

順德公主似乎想追，卻倏然咳了兩聲。

她身體裡力量太多，開始互相衝撞、擠壓。她痛苦地跪在地上，身體一會兒抽搐，一會兒顫抖，過了許久也未曾平靜。

大國師看著她，但他現在連站起來的力量都沒有了。

不知過了多久，天色都已變黑，順德公主似乎終於將身體裡的力量都融合了。她望了一眼天際，逃走的人是追不回來了，她轉頭看向身邊的大國師。

大國師依舊躺在地上，無法站立，他面色灰敗，那一頭青絲卻也在這一日之間盡數變白。

「師父。」順德公主歪著腦袋，看著地上的大國師，像是看到了什麼笑話一樣。「哈哈哈哈，師父，你也有在地上匍匐的一天。哈哈哈！」她笑罷，伸出手，將大國師拉了起來。她扶著他，帶著他一步一步往地牢裡走去。

走入地牢，順德公主隨手推開了一個牢籠，將大國師丟了進去。她將牢門鎖上，在牢門外蹲下。

陰暗的地牢裡，只餘一根火把還在燃燒。順德公主的臉在火光跳動下盯著牢籠裡形容枯槁的大國師，神情時而笑，時而怒，時而又靜默，最後甚至流下淚來。

「你看看，你看看，這人世起起伏伏，誰知道明天會發生什麼事？您是多高高在上的人啊，像是天邊的明月，從小我就只能仰望您，但現在，您怎麼淪落到這個地步了呢？您想要死，您以為心中的人回來了。她透過紀雲禾，重新回來了這人世是不是？她想殺你，你就想死？憑什麼！」她站起了身來。「我不許！我這一生，你讓我如何，我便要如何，如今，也該你順著我了。」

她轉過身，影子被火光拉長，落在他身上。

「師父，你的力量給我了，你別擔心，我會完成你的願望，我會替你為天下辦喪。」

她微微側過頭，咧嘴一笑，唇角像動物一樣，徑直裂到了耳根，詭異得宛似地獄之鬼。

第二十六章　怦然心動

紀雲禾感覺自己站在一片白雲間，四周與她多次見過的那雲間沒什麼不同，但這一次她卻沒能看到那個白衣女子的身影。

「寧悉語。」她在雲間呼喚她的名字，卻沒有得到回應。

紀雲禾在雲間等了很久，也未等到人來。她轉過身，想要離開這白雲間，卻在她轉身的一瞬，一陣風輕輕吹過她的耳畔。

「我的力量已經用完了。」

紀雲禾回頭，發現身後的白雲盡數消失，四周霎時變為荒土，一片蒼涼。

「他的功法被順德拿走，接下來……只有靠你們了……」

最後一句話，似一陣風，撩動紀雲禾的髮絲，捲起一片塵土，最後消散於無形……

「抱歉……」

隨著她話音一落，四周顏色頓時褪去，連紀雲禾腳下的塵土也不曾留下。黑暗襲來，她墜落到黑暗中。

她睜開眼。

紀雲禾愣怔了片刻，這才反應過來自己是從夢中醒來了。她揉了揉眉心，坐起身來，還未說話，一杯水就遞到了紀雲禾面前，紀雲禾一轉頭，但見面前的人，登時呆住了……

「雪……雪三月？」

竟然……是許久未見的雪三月？

紀雲禾愣住，雪三月卻是一笑：「這才離開多久，就忘了我了？心寒。」

「妳……」

「是三月姊把你們從京城帶回來的。」旁邊傳來洛錦桑的聲音。她坐到紀雲禾床邊。「嚇死我了，順德公主去冰封之海後，我這還沒從北境叫到人呢，就聽說順德把鮫人抓了。還急忙和空明商量對策，你們就被雪三月帶回來了……我這什麼力都還沒使上，這事情怎麼好像就結束了？」

紀雲禾看了洛錦桑一眼道：「這事情怕是沒那麼容易結束。」她又問雪三月：「先前不是說妳去海外仙島了嗎？怎麼回來了？」

「在海外仙島上聽說青姬被抓，便想回來救她……」她沉默了片刻。「但還是晚了一步。」

此言一出，房中的人都靜了下來。

洛錦桑垂頭喪氣地走到一邊，雙手放在桌上，腦門抵在自己手背上，悶不吭聲起來。

紀雲禾收斂了情緒，看著雪三月道：「妳還想救青羽鸞鳥？」

紀雲禾尚且記得，離殊血祭十方的時候，青羽鸞鳥出世，雪三月看見青羽鸞鳥的模樣時，那臉上的蒼涼與絕望。但如今，她卻特意從海外仙島趕回來要救青羽鸞鳥……

「青姬沒有做錯什麼，離殊血祭十方放出她，她又從馭妖谷帶走我，算來，也是救了我一命，我只是報恩而已……但卻未能實現。這一生，是欠了她一個恩情。」

「妳這般說……」洛錦桑悶悶的聲音從桌上傳來。「那我欠她的，豈不是更多了……我還花了人家好些銀子沒還呢……」

紀雲禾不知如何安慰她，只得嘆了聲氣。

她想要下床，卻在起身的時候，倏爾看見房間角落當中竟然還沉默地站著一名男子，而那人的模樣卻竟然……

「離殊？」紀雲禾震驚不已。那男子身形、容貌，竟然都與那已經血祭十方的貓妖離殊別無二致！紀雲禾閉上眼，揉了揉眉心。「我這應當不是夢境……」

雪三月在紀雲禾耳邊一笑：「不是夢，是他。」

紀雲禾這才睜眼好好將角落裡的「離殊」打量了一番，卻見這「離殊」的神情十分奇怪。他的目光只直愣愣看著前方，絲毫沒有生氣，身體看起來也十分僵硬，像是一個沒有血肉的木頭人。

「他……」紀雲禾猶豫著，未將自己的疑惑說出口，雪三月倒也坦然，將話頭接了過去。

「他現在其實也還算不得是真正的離殊。」雪三月道：「我在海外仙島遊歷時，偶然間尋到了一種草木，名為佘尾草，只要將故人之物放在這草木之上，再祭以鮮血，假以時日，這草木長成，便會變作故人的模樣。」

紀雲禾聞言一愣。

「早聞海外仙島奇花異草、異物異人甚多，竟也未曾想過，還有這樣的草木。」

「嗯，這人甚至能行走活動，就是說不了話，難有自己的思想……雖然他並非真正的離殊，但有他在，我便也算是有了個念想，這時日長了，讓他一直陪在我身邊，倒像是離殊一直陪在我身邊一樣。這世間事真真假假，有時候能分得清清楚楚，而有時候卻又想著，自己要是分不清楚就好了。」

紀雲禾看著雪三月，卻忽然想到了大國師與那瘋狂的順德公主。

大國師一開始或許也是想找一個精神上的寄託吧，最後卻竟變成了如今這般模樣……只是這個假的離殊不會變成順德公主，而雪三月，紀雲禾也能篤定，她絕對不會變成大國師那般。

「真的、假的，到底是不一樣的，妳若看得開心，留著也行，但若能分得清楚，當然是最好。」

心裡念過了順德公主的事，紀雲禾左右看看，有些奇怪地道：「長意呢？」

她問出這三個字，房間裡復而又是一陣沉寂。

紀雲禾見洛錦桑與雪三月的神情，渾身登時一緊。她立馬坐起來，肅容道：「長意怎麼了？妳們知道我的脾氣，有話直說，不要瞞我。」

洛錦桑嘴唇動了動，到底是吐出了一句：「鮫人不太好……大禿驢還在給他治療……」

紀雲禾當即將身上被子一掀，忙著穿上鞋便往外間走。

紀雲禾初醒，被寧悉語借用過的身體尚未完全恢復，她一路跌跌撞撞跑到長意的房間，剛一闖進去，卻見空明和尚剛收了針，長意坐在床榻之上，臉色雖然蒼白難看，神智卻是清醒的。

見紀雲禾闖進來，長意與空明同時看向她。

空明瞥了一眼紀雲禾，道：「這個倒是好得快。」

紀雲禾懶得搭理他的揶揄，徑直奔到長意身邊。她看著長意蒼白的臉色，心疼地摸了摸他的頭道：「哪兒還疼嗎？」

長意倒還是以往的長意，點頭應了：「腿腳還有些難受，但過幾天應當便好了。」

紀雲禾方剛鬆了口氣，那邊的空明卻道：「過幾天好不好還難說呢，你這段時間術法施用過度，鮫人，我敢與你保證，之前你若再多施一個術法，哪怕是一個御風術，你現在也已經變成碎冰被撿回來了。現在還能坐著說話，你且當是走運吧。」

紀雲禾聽得十分心疼，還未來得及與長意多說兩句，外面便有人來報，林昊青來了。

紀雲禾愣了愣，與長意相視一眼。

長意點頭道：「見。」

*

林昊青人尚未走進來，咳嗽的聲音便先傳了進來。入門時，他神情委頓，像是被先前大國師那一擊傷到了心脈，難以痊癒。

「順德公主殺了她的親弟弟，自己登上了王位。」林昊青見了紀雲禾，咳嗽尚未止住，便直言說道：「她已經瘋了，以禁術功法吞噬了國師府眾多弟子的靈力，朝廷儼然已成了她一人的一言堂……咳……不日，南方怕是有無數難民向北境蜂擁而來，你們且做好準備。」

空明一驚：「不可能，此事北境為何未收到半分消息？」

「思語乃我妖僕，她的真身在我這裡。」林昊青握了握腰間的劍，繼續道：「她與我能直接聯繫，這是方才在京師發生的事……」林昊青緩了緩情緒，忍住幾聲咳嗽，道：「你們的消息恐怕已經在路上了。」

林昊青說罷，房間霎時陷入了一陣死寂當中。

紀雲禾皺眉道：「順德公主有了青羽鸞鳥之力，而後又吞噬了大國師的功法，如今這天下，怕是無人能與之匹敵。」

林昊青重重咳了兩聲。「是我的過錯，我確實未曾料到，事情竟然還能發展成如今這般模樣。」

「誰也未曾料到，大國師竟然會以這樣的方式落敗。」紀雲禾對林昊青道：「自責無用，且想想有無戰勝順德的辦法吧。煉人為妖的藥丸，是你製給她的，可還有什麼補救之法？」

「我先前在藥中施加了一道術法，若她只以國師府弟子姬成羽與另一妖怪進行煉化，絕不可能衝破術法，但青羽鸞鳥……」

「你說誰？」空明和尚驀地打斷了林昊青的言語。

紀雲禾也有些不敢置信地看著林昊青。「她……用青羽鸞鳥和……姬成羽……？」

林昊青看了看紀雲禾與空明，見兩人神色，雖對姬成羽並不了解，但也猜出了姬成羽於他們而言並非一般的國師府弟子。他終究還是點頭道：「對。順德的下屬朱凌素來與姬成羽交好，將姬成羽騙去。」

朱凌……

紀雲禾尚且記得，六年前，她與長意離開馭妖谷時，便是朱凌與姬成羽來接他們。那時兩個少年性格截然不同，卻能看得出朱凌對姬成羽的敬佩，少年的情誼到最後卻竟然演變成這奪命的一齣……

紀雲禾心中感慨，而她旁邊的空明垂下的手緊握成拳。

空明微微咬緊牙關，臉上的神色是從未有過的難看。他一言不發地轉身離去，出門時，似乎撞到了外面進來的人。洛錦桑一聲驚呼：「大禿驢你去哪兒？大禿驢？等等我呀……」洛錦桑的聲音，聽著便也像是跟隨空明去了。

紀雲禾眉頭緊皺，忽覺自己的手被長意握緊。她轉頭看長意，見他藍色眼瞳一如大海般，容納了她所有的不安與混亂。她回握長意的手掌，在心裡提醒自己，現在的事，無論多荒唐，多痛苦，終於不再是她一個人在抵抗了。

於是，自醒來之後一直混亂的情緒，此時終被撫平。她靜下心來，整理好情緒，再看向林昊青，道：

「我記得你與我說過，順德以青羽鸞鳥為祭，衝破了藥中術法。但這術法，可還在順德體內？哪怕不能殺她，能傷她也行。」

「或者，延誤她北上的腳步。」長意道：「北境收納難民，需要時間。」

此言一出，林昊青眉頭皺起。

「北境的事，本不該我指手畫腳，但恕我直言，我前來告知你們此事，並非讓你們接納難民。順德力量蠻橫，如今耽擱在京師，怕只是為了好好融合身體裡的力量，待她將力量融合，殺上北境，不過眨眼之間。而青羽鸞鳥與大國師的力量太過強大，要徹底融合並非易事，北境可以趁此機會，在邊界布好結界，以此作為抵擋。過多地接納難民，會使本就匱乏的北境，資源更加緊張，北境內部的矛盾只會越發激化。」

「那林谷主的意思，是要看著那成千上萬的人死在北境結界之外？」雪三月的聲音從門外傳入。她緩步踏了進來，神色間，對林昊青還是十分不滿。看樣子，她對林昊青的印象還停在馭妖谷的時候，並未有什麼改變。雪三月冷笑一聲：「果真是虎父無犬子呀。」

林昊青沉默。

紀雲禾喚了雪三月一聲：「三月。」

得知了林昊青與林滄瀾之間的事情，縱使此生她不會原諒林滄瀾，但對於林昊青，紀雲禾始終覺得，他的命運和自己一樣，他們不過是在大人物手中浮沉的棋子……

悲涼得讓人唏嘘。

紀雲禾開口道：「林昊青說的不無道理。」

雪三月皺眉道：「雲禾，妳也想捨棄那些人？」

「我只能說，盡量救。」紀雲禾轉頭，看向長意。「我認為，不能無節制地接受，得定個時間，清點人數，多少人之後，結界該布下便要布下。這世上，總難有盡善盡美的事。否則……救人一事，恐怕本末倒置。」

長意沉吟片刻。

這是一個救人的決定，也是一個殺人的決定。

但正因為有了「捨」，才能保住「得」。

「來人。」長意揚聲道。隨著他的聲音，兩名侍從俯首進殿。他道：「四月十五之前，前來北境的難民，每個關口，每日允五百人通過，但凡發現有惡性者，逐。」

「是。」

侍從領命而去。

「青羽鸞鳥與大國師的功法同屬木系術法，可布下火系結界。」林昊青建議：「順德身體中的術法雖然已被力量衝破，但或多或少也留下了引子，她與大國師同源，修的也是木系術法，到時候以強火攻之，引出她體內術法，或許可重創於她。」

「嗯。」長意點頭，卻又沉吟道：「北境中，修火系術法的妖怪與馭妖師加起來有五千八百三十人，此段時間，我未在北境，降來北境的馭妖師與此後從南方投奔而來的諸多妖怪尚未驗查完全，但想來修火系術法的人，統計起來也不過萬人，要在北境南方邊境布下可抵擋順德的結界，恐怕不夠。」

紀雲禾看了長意一眼，這個鮫人，先前在北境，雖說是對人要打要殺，但其實也並未將北境拋卻不管。對於加入北境的人，他都是心中有數的。

「我修的也是火系術法。」紀雲禾主動道：「九尾狐妖的黑色火焰更勝過普通妖怪與馭妖師的術法，邊界布結界，我可先去打下樁子，而後讓其他人注入靈力，布下更結實的結界。至於人手……或許可像此前共禦岩漿一般，令未修火系術法的人將靈力渡給修了術法的人，增強其力量。」

「嗯。」長意應了，抬頭看向林昊青，自六年前馭妖谷一別，他們二人還從未正經地面對面，而六年前，他們這般面對面地對視時，身分還是南轅北轍，氣氛也是劍拔弩張。

但現在，長意看著林昊青的目光裡沒有恨意，林昊青也再沒有那強烈的勝負欲。那些過去，好似都在歲月裡化成了雲煙。

「林谷主，北境尚未清點完所有投靠而來的馭妖師，但你對他們比較熟悉。用人之際，沒有時間一一盤查，你可直接推舉合適的人選，前去邊界助力結界一事。」

「我心中已有人選，明日便將人手帶來此處。」

「多謝。」

林昊青沉默片刻後道：「若無你，無北境，無人庇護這僅有的棲身之地，這天下與蒼生，又該是何等模樣……別再謝我，我擔不起你這一句。」

他咳嗽著出了門去。

長意沉默片刻後，看向紀雲禾。

「我來北境，起初只是為了報復。若按他的話來說，天下所有人，該來謝妳。」

他將過去的事如此直白地挑明，紀雲禾哭笑不得。

她摸了摸長意的銀髮道：「邊界布下結界的事耽誤不得，明日我便出發去邊界，你這段時間施術過度，萬不可再胡亂動用法力，你便好好在這裡作你的北境尊主，統管全域，發號施令。」

長意望著紀雲禾，沉默著，半晌沒有回應，隔了好一會兒才道：「我族之人，許下印記之後，縱使大海無垠，也不會輕易分離。但地上的人，卻總是聚少離多。」

長意的話讓紀雲禾心口一疼。她蹲下身來，單膝跪在長意身前，仰頭望他。

「總會好的。」她握住長意的手。「等這些事都結束了，我們再也不分開。」

四目相對，情深繾綣。

「好。」

*

北境的邊界離馭妖台其實並沒有多遠，此前馭妖師大舉進攻北境，兵臨北境城外，直接給北境城帶來了巨大的壓力。

所幸長意與紀雲禾陣前降敵，才保住北境安然無恙。而後，待局勢稍定，北境便將自己的邊界往南推了一百里，此時朝廷已無力阻止北境向南擴張，且沿途百姓竟也都全力支持北境的此次行動。

北境在那之後，在北境城往南一百里的地方建了自己的邊境城牆，每隔一段距離便設立一個關口，從東向西，一共設了十二個關口。北境一方面擴大了自己的勢力範圍，另一方面也立了前哨，方便布防，一旦再有敵軍來襲，便也能立即應對，不至於被直接攻入北境城中。

而現在，所有人都沒想到，北境剛建立起完善的邊防，第一個防的，卻是從南方一擁而上的難民。

順德公主殺了自己的親弟弟，登基為皇，朝廷文武百官皆成了虛設，人人自危。京城亂成一片，地方豪強更是趁亂而起，四處搜刮，各方混戰，打得不可開交，偌大的國土上，竟只有荒涼的北境方能容百姓求生。

紀雲禾帶著人馬來到邊界，率先到的便是在最東邊的關口，此處難民最多，他們要優先將此處的結界布下。有了結界，北境便可更便捷地放人入境，或者抵禦暴亂。

而邊界關口的情況比紀雲禾想像的還要亂。

紀雲禾與林昊青挑選的人在邊界外打好了結界的樁子之後，她便獨自一人在關口之外的難民堆裡走了一圈。

無數的難民擠在關口前，已經搭起了各種各樣的帳篷，相同的是，沒有哪一個帳篷是不破的。

孩子們不知愁，在雜亂無章的帳篷中穿來穿去，猶似還在田野邊上玩得嘻嘻哈哈。而大人們都愁眉苦臉，不少人患上了病，走在諸多帳篷間，聽到最多的，便是咳嗽的聲音。

在關口外走了半天，紀雲禾的神色極為凝重。

紀雲禾知道，北境能支撐多少人的生活，長意比誰都更加清楚，每天每個關口允許五百人入內，已經是極限，甚至是超過了極限些許。而光是紀雲禾所在的這個地方，每天趕到此處來的人，最少也有千人以上。一天放五百人入關，根本解決不了難民成群的問題。這關口外的人一日比一日多，情況也一日比一日更加複雜。

北境本來採用抽籤的方式，抽到紅籤的人便可入北境，卻不想，有人為了爭奪紅籤大打出手，甚至鬧出人命。還有人偽造紅籤，騙取難民手中僅剩的糧食。甚至有人竟組成了一個團體，日日前來抽取紅籤，中籤者卻不入關，反而高價販售，要金銀，要糧食，甚至還要人的五臟六腑，這群人在末日裡，也要將人血吸食乾淨。

百人千面，萬種人心，看得紀雲禾也忍不住心驚。

「非常局勢，非常手段。」紀雲禾回到關內之後，在第一天夜裡只下了一道命令：「誰給局勢添亂，抓一個，殺一個。是人，是妖，是馭妖師，都不放過。」

在邊關的第一夜，紀雲禾沒有睡著，她躺在關內簡易的木屋房頂上，看著朗月稀星，一時間卻有些恍惚，不明白為什麼這天下的局勢，忽然就荒唐成了這般模樣。

也不知今夜，長意在北境城內，是否能安然入眠……

她閉上眼，催動印記的力量，想要得知長意的方位，卻忽然間感覺到印記的另一端近在咫尺。

紀雲禾猛地睜眼，立即坐起身來，往下一看，便看見了在下方地面正站著一個銀髮黑袍的人。不是長意，又是誰？

忽然間見到了自己心中所念之人，她心頭猛地一陣悸動，竟有了幾分怦然心動的感覺。

「大尾巴魚……」她呢喃出聲。

下方的長意仰頭看著她，他面色雖然蒼白，鼻尖呼出的氣息也依舊捲出寒冷的白氣，但那雙藍色眼瞳當中的溫暖情意，卻一如三月的暖陽，能令萬物復甦。

「想妳了。」長意開口，聲音低沉，帶著鮫人才有的誘人磁性。「忍不住。」

六個字，眨眼間，紀雲禾這才知道，原來她的心弦竟然能如此輕而易舉地被撩動。

她一翻身，立即從屋頂上躍下，二話沒說，先將長意抱了滿懷。

肢體的觸碰、心靠著心的距離，懷裡真實的觸感讓兩人都沉醉一般的靜靜閉上了雙眼。

長意的身體寒涼，而紀雲禾的體溫灼熱，一寒一暖之間，互相彌補，互相填滿。

「我真是變得不像我了。」紀雲禾在長意懷裡深深吸了一口氣。「以前拚了命要逃離身邊所有羈絆，恨不得一人孤獨終老，而今，卻與你分隔不過一日，就變得黏人了起來……」

紀雲禾稍稍推開長意，與他拉開距離，方便自己探看他臉上神色。

「長意，你可真是厲害了，竟然讓我開始想要被羈絆了。」

長意點點頭道：「那我確實是很厲害。」

紀雲禾笑了起來：「你從來不謙虛。」

「嗯……那個……」旁邊傳來一聲微弱的呼喚，紀雲禾這才注意到旁邊還站著一個人。

瞿曉星一臉尷尬地看著兩人。「我要不要，先回避一下？」

「你要。」長意直言道：「不過，稍後我還得回去，你別走遠，稍等我片刻。」

瞿曉星當即如獲大赦，立即拔腿跑了。

「你讓瞿曉星送你來的?」

「嗯,不能用術法,我和妳保證過。」

紀雲禾聞言,心頭又是一暖。她踮起腳尖,伸手摸了摸長意的腦袋。

「我的大尾巴魚真乖。」

長意唇邊掛著微笑,靜靜地看著她,直到她將手收了回去。

「我只能待一會兒,北境城中還有很多事情要處理。」

紀雲禾很想勸他注意身體,不要那麼忙,但思及關外的難民還有北境的境況,最終所有的話都在嘴邊轉了一圈後又嚥了回去。她握著長意的手,道:「我會盡快處理完邊界的事情,明日你別這般跑了。留著這時間,多休息會兒也好。」

「能看著妳才好。」

紀雲禾笑了起來:「大尾巴魚,你可真會說情話。」

長意卻一本正經道:「這只是實話而已。」

紀雲禾唇邊掛上了笑,拉住他的手,在朗月之下緩步走著。適時,偶聞關外孩子的哭聲,本來見到長意的喜悅,又稍稍被沖淡了幾分。

長意見她愁眉不展,問道:「這邊的事不順利?」

紀雲禾搖搖頭。「布結界不是問題,林昊青挑選的人確實非常厲害,能幫我不少,但這些難民……人太多了,聚集在邊關也不是辦法,每日入關五百人,這數字一出,在關外,背地裡已然有了一套錢與命的交易，還有春日漸暖，這人群之中互相傳染的疾病……也令人擔憂。」

長意沉吟了片刻。「事出突然，放人入關的細則尚未完善，明日，我會優先此事。」

紀雲禾握住長意的手，看著他蒼白的手背，之前的凍傷讓他的皮膚還有些乾燥，膚色也呈現不正常的青色。紀雲禾心疼地撫摸他的手背，道：「可真是辛苦你這大尾巴魚了。」

長意反而微微勾起了唇角說：「我很厲害，不辛苦。」

他話音一落，紀雲禾還沒來得及笑，卻忽聽長意一聲悶哼。

紀雲禾一驚，仰頭望他，只見長意唇邊寒氣更甚，身體不由自主地微微蜷起，剎那間，好似有冰覆上他的眉目，令他臉上的每一根寒毛都結上了霜。

「長意？」紀雲禾心驚，卻不敢貿然用狐火給他取暖，只得轉頭喊道：「瞿曉星！」

瞿曉星立即從不遠處跑回來，見長意這般模樣，又哆囉哆嗦地從懷裡掏出一瓶藥，拿了兩三粒黑色藥丸出來。「來，空明說他這樣之後，吃這個……」

紀雲禾連忙拿過藥丸，要餵進長意口中，但寒冷令他緊咬了牙關，整個人都開始發起抖來。紀雲禾不再耽誤，自己先將藥丸含進嘴裡，然後踮腳往長意唇邊一湊，以自己的舌尖撬開他的唇齒，以口渡藥，這才讓長意服下藥丸。

藥丸入腹，過了半柱香的時間，長意渾身的顫抖方才稍稍緩了下來。

紀雲禾扶著他，讓他靠著自己。她在面前甩了一團黑色的狐火，火焰的溫度將她烤得鼻尖都出了汗，但便是這樣的溫度，才讓長意臉上的霜雪慢慢化作水珠退去。

「他怎麼會這樣？空明怎麼說的？」長意閉著眼睛在休息，紀雲禾問旁邊的瞿曉星，但見瞿曉星急得撓頭，她聲色俱厲：「老實說，什麼都不准瞞我。」

「就……施術過度……」

「他今日不是沒有施術嗎？」

「是……那是之前……」

「之前不是治好了嗎？」紀雲禾肅容問：「我先前被從京師帶回來的時候昏迷過一日，這一日他都怎麼了？之前洛錦桑與我說他不太好，到底是怎麼不好？」

看著紀雲禾的神色，瞿曉星更加慌亂了，而此時鮫人還在昏迷，瞿曉星終是一咬牙，道：「根源就是施術過度了……鮫人本就是修水系術法，身體裡的寒氣退不去，就……就慢慢都結成冰了……」

紀雲禾皺眉道：「什麼叫都結成冰了？」

「身體裡的血和骨頭……都會慢慢……結成冰……」

她愣住，看向自己懷裡的長意。

瞿曉星嘆氣。「是鮫人……無論如何都不讓我們告訴妳的……」

「為什麼？」紀雲禾有些失神地道：「他……會……會死嗎？」

「會被凍住……」

被凍住？被自己身體中的寒氣凝固了血液，凍僵了骨骼，冰封了皮膚，最終變成一塊冰嗎？就像他當初冰封她的屍身那般，被寒冰徹底封住？

「能怎麼救？」

「空……空明說還不知道……」

紀雲禾沉默。她閉上眼，垂在一側的手也緊緊攥成了拳。

她怎麼會不懂長意在想什麼，她太懂了，因為時間有了可見的盡頭，所以一切也都有了另外的意義。

*

長意昏睡了許久，清醒之後，他看著面前黑色的狐火，愣了一會兒，隨即反應過來自己身上發生了什麼事。

長意一轉頭，徑直望向了身側紀雲禾的眼睛裡。

紀雲禾一宿沒睡，眼睛有些乾澀發紅。

兩人四目相對，相視無言了半晌。他沒有開口解釋自己突如其來的昏睡到底是怎麼回事，即便是到了現在，這條大尾巴魚也不擅長說謊，而紀雲禾也沒有逼他。

在良久的沉默後，紀雲禾先故作輕鬆地道：「天都快亮了。大尾巴魚，和你在一起，時間總能過得太快。」

長意垂下眼眸，纖長的睫羽如蝴蝶翅膀輕輕搧了搧。他伸出手，將紀雲禾輕輕地摟進懷裡。

朗月之下，黑色狐火無聲燃燒，兩人互相依偎，無人打破這靜謐。

直到月已沉下，朝霞出現在天邊，日光的出現撕破了如夢似幻的夜，讓他們再無暗夜角落可以逃避，只能回到現實中來。

長意鬆開紀雲禾，紀雲禾幫他理了理鬢邊的銀髮，銀髮繞在她的指尖，彷似在與她做最後的糾纏。

「你該回北境了。」

紀雲禾的指尖離開了髮絲，她的話也終於離開了唇邊。

長意點點頭，站了起來，道：「邊界的情況，我回去與空明幾人商量一下，不日便能出個細則。」

他站起身來，喚來了瞿曉星，而身後的紀雲禾卻先喚了他一聲：「長意。」

長意回頭，銀髮轉動間，映著初升的太陽，讓他看起來美得彷似天外來的謫仙。

紀雲禾欣賞著他自成的一幅畫，笑道：「等此事罷，你娶我吧。」

藍色的眼瞳微微睜大。

一旁跑來要接人的瞿曉星聽到了這句話，腳步立即停了下來，一雙眼珠在紀雲禾與長意之間轉來轉去。

春日的風還帶著幾分冷峭，但微涼的風從紀雲禾的身後掠過，吹向長意時，卻已經帶了幾分暖意，似能化去他血脈裡的寒冰。

「我……」長意開了口，聲音有些沙啞。「還不能娶妳。」他垂下了眼瞼，睫羽如扇，在他眼底落下一片陰影。

這個回答有點出人意料。瞿曉星有些緊張地咬住自己的大拇指，關注著紀雲禾的表情，卻見紀雲禾神色如常，沒有波瀾，似乎並沒有感覺到什麼被拒絕的痛苦，她甚至說道：

「你給了我印記，在你們鮫人的規矩裡便已經算是娶了我。」

瞿曉星又看向長意。

長意反而像是被拒絕的那一個人，他皺起了眉頭，眼睛盯著地面，沉吟著，深思熟慮了很久才說：「在人類的規矩裡不算。」

「我不是人類了。」

「妳也不是鮫人。」

「但你是鮫人，該守鮫人的規矩。」

紀雲禾答得很快，長意的眉頭皺得更緊了。他沉吟了更久，繼續深思熟慮著，顯然對紀雲禾的話沒有很好的應對方法。

太陽都快升起來了，瞿曉星在旁看著，甚至有些心疼起鮫人來。

瞿曉星太懂了，在與紀雲禾的言語爭鋒當中，能贏的人，數遍天下沒幾個。她腦子動得太快了，嘴皮子太能扯了，和這還算淳樸的鮫人鬥起嘴來，誰輸誰贏根本就不在話下。

「我……還是不能娶妳。」

最後，鮫人沒說出個所以然，就愣生生落下了這麼一句話來。直截了當的拒絕，粗暴卻有力道。

果然，善辯如紀雲禾，在這種「老實人」的秤砣話下，那三寸不爛之舌也沒了用武之地。

長意說不能娶，也不說個理由，但他拒絕紀雲禾的理由，在場三個人都心知肚明——他不知道自己還能活多久，他害怕耽誤紀雲禾。

紀雲禾看著他。

感受到紀雲禾的目光，他垂著眼眸，像一個做錯事的孩子。

但長意不知道，他的沉默模樣，足以讓紀雲禾心疼得胸腔宛如壓了塊重石。

「那我下次再問你一遍。」紀雲禾只如此說道。「下次不答應，我下一次再問，長意，總有你答應的一天。」

長意怔然，看著紀雲禾，而紀雲禾此時卻已經轉身，擺了擺手，自己走了。

「今日還要忙著趕去下一個關口打下結界的樁子，走了。」

朝陽遍灑大地，日光中，紀雲禾漸行漸遠的背影彷彿被鍍了層薄金。

「尊主？」瞿曉星等已經看不到紀雲禾的背影了，才走到長意身邊，問他：「回去吧？」

長意垂下頭，看了看自己的指尖，冰霜遍布在那兒，幾乎將他的手指封住。長意握了握拳，冰霜碎裂，變為殘渣落在地上，晶瑩剔透，彷彿是天上落下的雪花。

他道：「我差點就答應了……」

就差一點……

*

「十天。」空明一邊收拾銀針，一邊說了這兩個字。

長意當然知道他在說什麼。

離他身體被冰霜徹底凍住的那天，只剩十天。

得知這個時間之後，本來在回程的路上剛起了點的心思，立即又被掐滅了苗頭。

嫁娶，不管是對鮫人還是人類來說，都是一件大事。其實，若無這些外界風波，他現在確實應該是要籌備這件事的。他給了紀雲禾印記，還親吻過她……

想到過去為數不多的幾次觸碰，那些畫面與觸感歷歷在目，長意忽覺日漸冰冷的身體熱了一瞬。

空明看了長意一眼。近來，空明的情緒也十分低落，他沒有如往常一般冷嘲熱諷，只對長意道：「在想什麼？」

「紀雲禾。」長意不假思索就說了出來。

「多想想她，對你身體有好處。」空明道：「方才你臉色紅潤了些。」

長意咳了一聲，壓下心頭躁動。「今日……我回來之前，雲禾和我說，要我娶她。」

空明手下一頓。「現在？」

「她說，等此事罷。」

「你等不了，你們現在辦吧。」空明說著，要拿東西出門。「邊界的結界不能停，但可以讓她抽半天時間回來。抓緊辦了，了結一樁心事也好。時間不等人，錯過了可能就沒有以後了。」他說著最後一句話的模樣，卻像是想起了自己的事情。

長意不擅長安慰人，更覺得空明不需要他的安慰，便只沉默地給空明遞了杯茶。

空明抬手拒絕，打量了一下長意的神色，又道：「看你這模樣，不想娶？」

「我不想耽誤她。」

「你們倆蹉跎了這麼多年，我看現在別折騰了。若是換作紀雲禾要死了，你娶不娶她？你會不會覺得這是耽誤？」

長意一愣，好似醍醐灌頂。

他站起身來，正想要說什麼，空明卻恰巧將門拉開，外面的紀雲禾一步便踏了進來。

長意一愣，卻見紀雲禾對空明道：「我知道找你管用。」紀雲禾拍了拍空明的肩。「以後只要不是你對不起洛錦桑，她有什麼想不通的，我來勸。」

空明瞥了紀雲禾一眼說：「我說這些話，不是為了妳。」他出了門去，還隨手將大門關上了。

紀雲禾笑著看了看身後關上的門，又轉頭看著面前的長意。

四目相對，燭火跳躍間，紀雲禾勾唇一笑，神色間已是歷經過滄桑之後的坦然。

「大尾巴魚，我生命走到盡頭過，所以我知道最後一刻會遺憾和後悔些什麼，你別怪我使手段。我只是真的不想再浪費時間，繼續蹉跎了。」紀雲禾道：「我現在要你娶我，要的不是名分，而是身分。這個身分對現在的我來說不重要，因為現在對我來說重要的是你，但長意……」她頓了頓，唇邊依舊帶著微笑，繼續說著：「在沒有你的時間裡，這個身分，對我來說就非常重要。」

在沒有他的時間裡，她將以自己的名，冠以他的姓，就算哪一天她的記憶再次恍惚到記不起過去的往事，她的名字與身分，也會幫她記住。

這是長意存在於她生命裡的一個痕跡。

紀雲禾想在自己的靈魂裡，刻下這個痕跡。

「這不是耽誤。」她道：「這是成全。」

長意再也沒有理由拒絕紀雲禾了。他點了點頭，一聲「好」還未應出口，紀雲禾便兩步上前，走到他身前，一把將他抱住。她貼著他微涼的胸膛，閉上了眼睛。

「大尾巴魚。」紀雲禾笑著，聲音宛如春風春水，能復甦死寂的千山萬水。「謝謝你成全我。」

長意愣怔地看著懷裡的紀雲禾，她身體的溫度好似一把火，是這世間僅有的，能溫暖他的火。

冰藍色的眼瞳輕輕合上，他伸手環住紀雲禾的身體，將她揉進自己的懷抱裡。

以前長意被順德公主抓去的時候，順德公主想盡辦法要讓他口吐人言，辱過他，打過他，也威逼利誘過他，但任憑順德公主如何折騰，他就算未失聲，懂人言，也依舊選擇閉著嘴，一聲未發，一字不吐。

而此時此刻，他的沉默卻與那時完全不同。

他有太多話想要對紀雲禾說了。

他胸中的千言萬語，似乎都想在此時洶湧而出，他渴望告訴紀雲禾他的心情，也想要表達他的喜悅，還想對紀雲禾說自己無數婉轉的，甚至有些卑微的心思，以及他的無奈、悲哀與怯懦。

太多的話與情緒湧上喉嚨，反而讓他語塞。他唇角輕輕開合，最後卻一個字也吐不出。

他是來自深海的一個鮫人，本是孤獨之身，無欲無求，卻在人世歷經了太多的轉折變化，起起落落，難以預測。他看過山水，也看過人間，經歷過人心的迂迴婉轉，也面對過內心的蒼涼荒蕪。他得到過，也失去過，甚至還失而復得過……

長意本以為，他到現在，該是個歷盡千帆，內心泰然的鮫人了。

卻沒想到，紀雲禾這麼輕易地，就能打破他的平靜與泰然。

他抱著紀雲禾，耳邊似乎還有她方才出口的言語。儘管長意早已知曉紀雲禾對自己來說有多重要，但也在此刻，才如此清晰地感受到她對自己的影響有多麼直接與絕對。這一句成全，便讓他內心難以自持地激盪。而想到日後的歲月，如果他故去，她將一個人背負他們的過去繼續生活的模樣，長意更是心緒複雜。

他不能說自己不心疼，也不能說自己不開心。

這些矛盾又洶湧的情緒成就了他唇邊的顫抖。

他用比普通人類鋒利許多的犬齒咬住自己顫抖的嘴唇，手臂更加用力抱住紀雲禾，就像抱住他唯一的火種。

「明明……是妳成全了我。」

他的呢喃，只落在紀雲禾的耳邊。

燭火將兩人的身影投為剪影，落在了窗紙上。

寂靜的夜裡，屋中相擁的人，好似這世間紛擾，都再不能驚動他們。

可時間總是煞風景。

紀雲禾從長意懷裡退了出來，她抬起手，摸了摸他的頭說：「我得回邊界去了，明日再來。我已經與洛錦桑、瞿曉星說過了，三天後，咱們成親。」

長意眨了眨眼，當這件事終於落實到數字上的時候，他彷彿才從夢中驚醒過來。

「三天？」他皺眉。「三天怎麼夠籌備……」他自己說完這話，便停頓了片刻。

北境的情況，長意比誰都清楚。

現在從北境城到邊界，上上下下到處都忙成了一團。接納難民、調配物資……馭妖台裡的侍從都被調派出去幫忙了，長意的食衣住行基本上都是自己動手，哪還有什麼人伺候他，更別說現在要找人籌備他們的婚禮了。

沒人，也沒錢設宴，更沒時間擺弄大場面……

「一切從簡。」紀雲禾道：「我今日下午其實就已經回來了，篤定你今晚一定會答應娶我，所以先擅自安排了一些事。」

長意看著紀雲禾臉上得逞的笑，嘴角也跟著勾了起來。

他喜歡看她開心的模樣。

她扳著手指數著：「我讓洛錦桑、瞿曉星他們幫忙籌備婚禮，其實就是備點酒與菜，搬個案台，弄點紅燭，然後你的喜袍、我的喜袍我就自己做了，不勞煩他人。婚宴當日的話，就請一些身邊的朋友，我還想請之前一起與我受過牢獄之災的那兩人。他們也算是咱們過去一段經歷的見證人……」

說到此處，紀雲禾樂了起來。「也不知道他們看見我與你成親，會驚訝成什麼模樣。」

回憶起大殿之中差點親手把紀雲禾殺掉的事，長意忍不住一聲苦笑，而後又陷入沉默。

紀雲禾本還在數著宴請的人，但見長意的情緒低落了一些，她詢問道：「怎麼了？」

「只是覺得委屈妳。這事本該我來提，也該由我來辦……不該如此倉促。」

「有什麼倉促不倉促的。成親這件事，本來就該是彼此明瞭心意，敬告父母，再告天地，而後接受朋友們的祝福就行。你我沒有父母，所以告訴了天地和彼此就可以了。都是同樣的真誠，那些禮節與場面，你不喜歡，我不講究，多了不過是累贅，依我看，這樣辦正好。」

紀雲禾挑了一下長意的下巴，故作輕佻道：「大尾巴魚，三天後等你娶我。走了。」

紀雲禾擺擺手，如來時一樣瀟灑離場。而她指尖的餘溫，卻一直在長意的下巴上來回徘徊，經久未滅。

長意摸著自己被紀雲禾挑過的下巴，垂下眼眸，任由自己心悸得臉微微泛紅。

他垂下手，忽然間，卻聽幾聲清脆的冰凌落地之聲。長意垂頭一看，卻是方才抬手的那一瞬間，冰霜便將他的手臂覆蓋，在他放下手臂的時候，冰凌破裂，便落在了地上。

破碎的冰凌晶瑩剔透，像是無數面鏡子，將長意的面容照得支離破碎，也讓他臉上才有一絲絲的紅潤退去……

第二十七章　婚禮

等待婚宴的第一天，紀雲禾白日裡與其他人一同趕路，到了邊界的第二個關口。她與眾人合力打下結界的樁子之後，就已是傍晚了。

忙了一天，身體十分疲勞，紀雲禾根本沒想著休息，反而一心往回趕，又奔波回了北境。

到了北境城裡，紀雲禾先找瞿曉星拿了布料，這是昨天她讓瞿曉星幫她準備好的做喜袍的材料，而後又馬不停蹄趕去馭妖台裡找長意了。

紀雲禾知道自己的女紅並不怎麼樣，她以前也沒把時間花在這門功夫上，於是就想著和長意商量，做個簡單的，她能做的款式。

結果到了長意的殿裡，她卻沒看見長意，找了半天，走了好幾個殿，才尋到一個忙昏了頭的侍從，向他打聽長意的去向，但侍從只知道長意白天在大殿裡處理公務，這會兒也不知道他去了哪兒。

紀雲禾只好自己回到長意的房間裡，坐在書桌邊，打算一邊縫自己的喜服一邊等他，結果卻看到了幾張寫廢了的紙，打開紙團一看，竟是請帖。

紀雲禾拿著紙眨了兩下眼睛。這個大尾巴魚，難道自己寫了請帖……親自發帖子去了嗎？

與紀雲禾想的一樣。

長意真是自己出門發請帖去了。

空明與洛錦桑等人倒方便，他託空明拿給他們便可，只是紀雲禾點明要請的蛇妖與盧瑾炎有些麻煩，長意要來了兩人的住所，寫好了帖子便親自拿去了。

他先敲了蛇妖的門。

這宅院算是北境修葺得比較好的院落，院裡還有看門的小廝，小廝給長意開了門，但見此人銀髮黑袍，一雙標誌性的藍眼睛，小廝當場愣住，隔了半晌，揉了揉眼，又張了張嘴，半天沒說出話來。

「誰呀？」蛇妖提著一壺酒，醉醺醺地扭著腰來到門口。

長意一轉頭，看向蛇妖。

「啪」的一聲，酒壺落地，酒香四溢，蛇妖呆呆地看著長意，長意卻面無表情地向他遞出了自己手中的一封紅色請柬道：「兩日後馭妖台大殿上，我與紀雲禾要辦一場婚宴，來與你送請柬了。」

「請柬？」小廝不敢置信，回頭看了看蛇妖，又看了看長意，再看向蛇妖時，眼神都變了。「主子你居然……」他小聲囁嚅。「這麼有頭有臉……」

蛇妖在意的則是不同的點：「婚……婚宴？」

長意點頭。「婚宴。帖子上有時間，告辭。」

言罷，他轉身欲走，卻又腳步一頓，回過頭來，這一次他看向蛇妖的眼神卻有幾分不善。「我記得，前幾日頒過禁酒令，你這酒在哪兒買的，還有多少，回頭記得去馭妖台交代清楚，自行領罰。」

蛇妖嚥了口唾沫，目送長意離開。

這前腳發請帖，後腳就讓人去自首的風格……真的很像鮫人。

長意離開了蛇妖的府邸，又去了兵器庫。

因為盧瑾炎被安排到兵器庫工作，每天負責清點入庫的兵器，檢驗兵器品質。這段時間盧瑾炎也是忙得不可開交。他在一排排刀劍架子裡走著，清點兵器數量，忽然聽到外面一陣兵器落地的乒乓聲。

盧瑾炎聽到這道聲音，心裡一陣煩躁，探了個腦袋出去就開始罵：「他娘的能不能小心點？讓你們幹一件事能幹出幾件事……」

最後一個「來」字沒有吐出口，盧瑾炎便呆住了。緊接著，他手裡的本子也掉在了地上。

「尊……尊主……」盧瑾炎聲音霎時低了幾個八度。「我……」盧瑾炎左思右想，最後摸著腦袋皺眉道：「我最近沒打架啊！我忙得不行，那蛇妖也好久沒見過了……」

忽然，一張紅色的請柬遞到他面前，止住了他接下來的話。

盧瑾炎呆住。

「婚宴請柬，兩日後，我與雲禾在馭妖台辦婚宴，雲禾希望你到場。」

這下盧瑾炎下巴也要掉下來了。「我……我？我？」盧瑾炎轉頭看了看身後，又四處張望了眼，還是不敢置信。「我嗎？」

「對，是你。」

長意將帖子更往前面遞了一點，盧瑾炎抖著手接過了。

「辛苦了。」長意落下三個字，轉身離去。

他一走，周圍的其他人便立即圍過來，將盧瑾炎手上的請帖拿了過來。一時間，整個兵器庫變得沸沸揚揚。

長意卻全然沒有理會身後的吵雜，他拿著最後一張請帖，找到了林昊青。

大國師雖然只給了林昊青一擊，但在他身上留下的傷一直未痊癒，他這段時日也鮮少走動，只在長意幫他安排的住處調養身體，偶爾與遠方的思語聯繫。

長意到的時候，林昊青正於院中打坐。他身前放了一把劍，劍上微微流轉著光華，林昊青閉著眼，對著劍輕聲道：「……多注意安全。」

想來，是在與那被他留在遠方的妖僕思語聯繫。

長意沒有打擾他，直到林昊青自己收了光華，睜開眼睛，看見長意，站起了身來，直言問道：「什麼事？」

長意遞上請柬。

與他人不同，林昊青只看了一眼，便立即明白了背後的含義。

他沉默了一瞬，倏爾略帶諷刺地一勾唇角道：「六年前，我恐怕作夢也沒想到，有朝一日，竟然有人敢娶紀雲禾。更想不到，紀雲禾竟然還會邀請我。」

「你對她而言，是很長一段時光的見證者。」長意道。

林昊青收斂了嘴角的諷笑，眸光卻變得有幾分恍惚，似是回憶起了過去的太多事，幾乎讓他眸光迷離。「是啊，很長一段時光……」

這段時光，幾乎是大半個紀雲禾的人生，也是他的人生……

他接過長意手中的請柬道：「我一定會去。」

「多謝。」

長意正欲轉身，林昊青卻喚住他：「你此前施術過度，身體狀況恐怕不樂觀，在北境如此情況下，你與紀雲禾都急著要舉行婚宴……」他頓了頓。「休怪我煞了風景，若他日，你身歸西天，接管北境之人，你可有考慮好？畢竟，如今的情況，北境不可一日無主。」

「空明是最適合的人選。」長意對林昊青直白的話並無任何不滿，也直言道：「你若願意，我也希望你可以留在北境。前些日子看了一些人類的書，待得婚宴之後，我會挑選七個人，組成內閣。以後北境的事，你們商量。」

既然長意心中有數，林昊青也沒再多言，只等長意快要離開時，才微微嘆了一聲氣道：

「鮫人，這人世間，對不住你。」

長意踏步離開，背影不顯任何停頓，也不知道這句話，他是聽見了，還是沒聽見。

長意回到殿內的時候，紀雲禾還在燈下縫衣服。

聽見開門的聲音，紀雲禾仰頭一看，手裡卻一個不慎，將自己的食指指尖扎了個洞。她微微抽了口氣，下一瞬間，她的手便被人握住了。長意半跪在她身前，拉著她的手指，見了指尖的血珠，他幾乎是下意識地將她的指尖直接含入了嘴裡。

紀雲禾望著長意，過了好一會兒，長意才將她的手指放開，左看看右看看，確認沒再流血，才在一旁坐下，看著紀雲禾面前一堆布料，眉頭一皺道：

「我來幫妳。」

長意說著，竟然就將布料與針線往他身上攬。

紀雲禾好笑地將布料針線又拿了回來說：「我以前在馭妖谷好歹還拿過針，你在海裡，拿過嗎？」

長意答道：「海裡不穿衣服，不拿針。」

「那就對了。」紀雲禾拉了線，繼續忙著。「你去發了請帖，這縫衣服的事，就別管了。我今晚回來本來是想與你商量商量款式的，後來發現，我除了最簡單的，別的什麼都不會，你也別挑了，咱們到時候就穿最簡單的成親就行。」

「好。」

長意當然不挑，畢竟他們鮫人成親，禮節再重，也是不穿衣服的……

長意坐在一旁，看著在燈下縫補的紀雲禾，聽著紀雲禾閒聊一般地問他：「請帖都發完了嗎？」

「嗯，他們都來。」

「聽說前幾日北境頒了禁酒令？」

「嗯，釀酒要用大量糧食，現在情況特殊，便頒了禁令，不得生產與賣酒了。」

「那咱們就泡點茶吧？」紀雲禾問：「茶還有嗎？」

「還有存貨。」

三言兩語，說的都是瑣碎的事情，他們之間也鮮少說這樣的話語，吃穿用度、各種細節……彷彿是在過日子一般，平和安靜。

長意微微瞇起了眼睛，忽然感覺，此時此刻與紀雲禾待在一起的舒適感，就像是很久之前，他在無波無浪的深海裡，躺在大貝殼裡那般，瞇著眼，就能小憩一會兒。

自從被抓上岸來，長意已經有許久沒有體會過這樣的感受了。

紀雲禾在燭火下的面容變得比平時柔軟了許多，她說著一些瑣碎的事情，唇角一直掛著微笑。

長意便看明白了，此時的紀雲禾，內心的感受一定也與他一樣。他看著她一張一合的嘴唇，聽著她的言語，忽然之間，感覺心頭一動，他低下頭，從下往上吻住了紀雲禾的雙唇。

紀雲禾一怔，手裡的針往上一戳，竟然扎到了長意的下巴。紀雲禾想要往後躲，看看自己有沒有把長意扎傷，但長意根本不在乎這針扎的小小刺痛。

他一手按住紀雲禾的手，一手捧住了紀雲禾的頭，漸漸加深了自己的吻。

一開始紀雲禾還想掙扎，想幫長意看看被扎到的地方，到後來也乾脆放棄了掙扎，配合著長意，將這個深吻繼續下去。

燭火跳躍，不知蠟油落了幾滴，長意在紀雲禾呼吸已經徹底亂掉的時候，才終於將她放開。

兩人的唇瓣微紅，是這個深吻給他們留下的印記。

親吻之後，兩人的眸光看起來都比往日要溫柔更多。

他們凝視著彼此……

「長意。」紀雲禾率先打破了沉默，她想要開口，長意的手指卻抵在了她的唇瓣上，止住她的話頭。

「雲禾，平時都是妳先開口，先行動，這次，我先。」

紀雲禾靜靜地看著他，等待著他的話，但長意卻先將她打橫抱起，直入裡屋，將她放到了床榻之上。

「紀雲禾，我想壞個規矩。」

長意是很守規矩的人，一直以來，紀雲禾都如此認為，是以聽到長意這句話，紀雲禾反而起了幾分刁難的心思。她道：「你是北境尊主，怎麼可以壞規矩？」

長意一怔，眨了兩下眼睛，顯然，紀雲禾這話是在他意料之外的。

他想了想，竟然覺得紀雲禾說得對。

他竟當真直起了身來說：「那妳在這兒休息一會兒……」

沒等他說完，紀雲禾徑直將他衣襟一拽，再次把長意拉到自己身前，呼吸與呼吸如此近距離地交會，本來被紀雲禾的刁難削弱下去的那些曖昧氣氛，此時再次在這私人的空間裡彌漫開來。

長意用最後的理智克制著自己，想要再次坐起來。

但紀雲禾拉著他的衣襟，不放手。

「那我真休息了？」

「嗯。」長意點頭。「休息吧，累了一天了。」

紀雲禾看著他，看著他紅透的耳根，笑了起來說：「真的休息了？」

「真的休息。」

「不一起？」

「不了。」長意想扭過頭去看別的地方。「再等等……」

紀雲禾笑著，湊到他耳邊道：「不等了。」她聲音沙啞，只在他耳邊打轉，像是一個魚鉤，將他內心那些所有不理智都盡數鉤了出來。「我紀雲禾，一直都是一個喜歡壞規矩的人。」

呼吸交替間，紀雲禾另一隻手一伸，床畔的床幃落下，擋住了兩人的身影，也將那內裡的繾綣情意盡數包裹。

紅燭依舊燃燒著，點點蠟淚落在鋪於桌上的喜袍。喜慶的大紅色，未等到兩日後的禮成，便率先在這個房間鋪展開……

這注定是個美麗且美妙的夜晚。

*

昨日是很美麗的一個夜晚，但同樣也是一個耽誤了時間的夜晚。

第二日，紀雲禾悠悠醒來，瞇眼看見外面天色。天將亮未亮，但算著時間，她要從馭妖台趕到邊界去，必定要遲到，她當即嚇得一個激靈，立即翻身下床，穿鞋的動作將長意也喚醒過來。

其實他們真正睡著的時間沒有多久，但長意眨了眨眼睛，也立即清醒了過來。

「我今晚不回來了。」紀雲禾一邊急急忙忙下床，一邊抓了抓自己的頭髮道：「路上太耽擱時間了，今晚要是再回來，這個喜袍定是趕不完，我這兩天趕緊縫一下袍子，後日咱們成親現場再見。」

她匆匆忙忙往外走，走到門邊才想起來，往回望了一眼長意。

長意半身裸著，斜斜撐著身子坐在床榻之上，銀髮披在肩上，髮尾垂墜而下。他一雙藍眼睛映著晨曦的光，溫柔地望著她道：「好。我等妳。」

紀雲禾倏爾心頭一暖，這是她從未有過的感覺……

就好像……她有了家一樣。

紀雲禾推門離開，一路趕回邊界。

很難得的，這一次的分別並沒有讓紀雲禾覺得難捨，反而讓她內心懷揣著滿滿的期待。

她趕回邊界的時間果然遲了，但其他人並沒有因為她不在而休息，大家已經將邊緣的陣法擺好，只待紀雲禾一到，就可以用她的術法打下最主要的樁子。

眾人齊心協力地做好了同一件事，也讓紀雲禾覺得心中寬慰。

紀雲禾一生歷經的世間事，總是難得圓滿，而今，雖然大敵尚在，北境也有許多殘缺，可當大家都在為了「更好」而努力的時候，紀雲禾覺得，沒有任何時候，能比現在更圓滿了。

真希望，這日子能一直一直就這樣繼續下去。

一天一夜的時間，紀雲禾熬了個通宵，終於將她與長意的喜袍縫好了。時間緊，只大概做出了個形狀，更別提要繡什麼花紋了，但她還是留下了一點時間，在兩人喜袍的衣角上，繡上了一條藍色的大尾巴。

她的繡工著實拙劣得出奇，那大尾巴繡得像刀砍一樣，紀雲禾摸著這個繡紋，先是覺得好笑，笑出了聲，而後多摸了一會兒，卻又將笑容收斂了。

這條大尾巴，到底還是只存在於她的記憶中，而徹底在這世間消失了……

紀雲禾深吸了一口氣，將這些情緒拋諸腦後。她現在唯一要思考的，就是明日，在她與長意的婚禮上，她該以什麼樣的笑容，面對揭開她蓋頭的鮫人。

及至此刻，紀雲禾才有些懊悔。她在之前竟然來不及去問一下，在他們鮫人的婚禮上，他們都會做些什麼……

一夜的期待，讓紀雲禾有些沒睡好，但當她第二天起床的時候，依舊精神奕奕，眼瞳深處都在發光。連日來的勞累好像沒在她身上留下任何痕跡。

白日裡，她依舊得在邊界將樁子打完，完成了自己的任務，她才能往回趕。

而這一日，跟隨她一起來邊界布結界的馭妖師們，不知道從哪裡得來的消息，知道她要和長意成親了，每個人看見她都會與她道聲祝福，難得地讓紀雲禾覺得在這緊張的北境，有了一絲喜慶。

結界布得很順利，紀雲禾在即將日落的時候，想要往回趕，卻被幾個姑娘拉住，一開始姑娘們還有些不好意思，但見紀雲禾急著要走，有人終於忍不住上前拉了她道：「妳好歹是要回去成親呢。」

「對呀，這頭髮總得梳一下。」一人說著，手裡拿出了一把梳子。

還有一個姑娘怯懦地拿了盒舊胭脂道：「我……我這兒還有一些以前的胭脂，要是妳不嫌棄……」她見紀雲禾看向了她，聲音更小，但還是堅持著將話說完了。「我可以幫妳擦擦……」

原來……竟是這幫姑娘們實在看不下去了。紀雲禾心裡有些好笑。旁邊還有路過的男子搭話：「對對，是得打扮打扮。好歹是和咱們尊主成親呢。」

好嘛……看來這邊界看不下去的人還多著呢……

想想也是，好歹是和他們尊主成親，結果竟然除了喜服自己備了，別的也什麼都沒準備，委實不妥。

紀雲禾便留了下來，讓姑娘們給她梳了頭髮，點上胭脂。

紀雲禾鮮少裝扮自己，她之前的生活也確實沒必要做什麼容貌上的裝扮，是以也根本沒想到這樣的事。而如今，被一群有的連名字都叫不上來的陌生人在自己成親之前拉著打扮……這感覺，讓她有幾分說不上來的感動。

她自幼孤苦，與父母緣淺，也沒有兄弟姊妹，以前從沒想過自己有朝一日竟會成親，也從沒想過，成親之前，居然還有人願意為她梳妝打扮。

紀雲禾靜靜接受了這些陌生人的好意。

在回去的路上，紀雲禾想起自己與長意一時興起，隨口說了成親的日子，根本沒合過八字，但現在看來，今天一定是個好日子。

紀雲禾揹著自己的喜服回到北境城中的時候，這裡與平日好像也沒什麼兩樣，冬日的嚴寒剛在這北境之地退去幾分，已然有了春意，但紀雲禾回來的時候已經是夜裡了，草綠嫣紅都沒看見。她直奔馭妖台主殿。

主殿倒是與平日有了不同，紀雲禾也終於在裝飾上看到了幾分成親的喜慶。

主殿前鋪了紅毯，紅毯兩側都用長長的燈架點上了紅蠟燭。

這是她和長意相約的婚禮場地，大概也是他們這場婚禮最花功夫的一個地方了。她之前讓洛錦桑幫忙布置，看來這段時間她也沒閒著，要在如此忙亂的北境找來這麼多燈架和蠟燭，想來也是很不容易。

因為紀雲禾回來前被人攔下來梳妝打扮，耽誤了些許時間，有些誤了時辰，所以她到的時候，婚宴邀請的人都已經到了，洛錦桑、瞿曉星、林昊青、雪三月還有蛇妖和盧瑾炎……老朋友、新朋友都來了，他們各自都等在紅毯兩旁，而長意站在紅毯上，穿著的還是他平日裡穿的黑衣服。

紀雲禾一眼就看見了他。他那頭銀髮實在過於醒目。

在紀雲禾御風而來，看向他的時候，長意便也抬頭看向了紀雲禾，藍色眼瞳滿是溫柔，和紀雲禾一樣，他好似也期待這一刻期待了許久。

但還不是這一刻……

紀雲禾落在長意面前，將他拉到一邊，把包裹裡面的喜服拿了出來，將長意的那件給了他，自己的留在手裡。

「先換個衣服。」

這套喜服實在簡單，紀雲禾也沒時間做裡面的中衣、裡衣，只帶長意去了側殿，將外衣換了。紀雲禾理完自己的衣服，轉頭看長意，卻見他手裡握著自己的衣角，呆呆地看著衣角上的魚尾巴。

「妳繡的？」

他問紀雲禾，紀雲禾有些不好意思地笑了笑，想將衣角從他手裡拽出來。

「不好看，但就是想繡在上面……」

「好看。」長意道：「和我的尾巴很像。」

聽他如此說，紀雲禾心尖難耐地湧上酸澀。

她將長意的手一牽，道：「好看的話，等以後有時間，我再給你縫一個。」

長意點頭道：「好。」

他們牽著手走了出去，站在紅毯的起點，在並不多的賓客面前往紅毯的終點走去。這是他們唯一的儀式了。洛錦桑之前還提議，要學著習俗，擺上火盆讓兩人跨過，但紀雲禾沒有同意。

她和長意經歷的刀山火海太多了，就是走一個紅毯，她只希望平平穩穩，再無風波。

而果然也如她所料。

這一個紅毯走得十分平靜，連風都沒有前來搗亂，他們的衣袂與髮絲都未曾被撩動。

他們只牽著彼此的手，一步一步向前走。

直到站在紅毯的終點，由瞿曉星充當的司儀開始唸起了賀詞，紀雲禾與長意牽著手，在馭妖台的主殿上回頭一望，忽見殿外漆黑的夜空裡閃起了點點光亮。點點光芒如夏夜的螢火蟲一樣，自整個北境城的每個角落緩緩升起，鋪天蓋地，令人感到浪漫又震撼。

紀雲禾定睛一看，天上的那些光，竟然都是一盞一盞的孔明燈。

它們飄飄搖搖，慢慢飛上夜空，與天上的滿天星辰交相輝映，好像一幅絕美的畫，在他們眼前展開。

紀雲禾與長意的眼瞳中都映照著外面的光華，似能將他們的眼底都照亮。那火光縱使相隔百丈，也能傳來一絲溫暖。

瞿曉星不知道從哪裡找了那些聽不懂的賀詞，在此時朗誦出來，配著面前的景色，竟讓紀雲禾生出了一種來自浩瀚人間中的感動。

好似滿天星辰、過往先祖都在此刻祝福著他們一樣……

「那是什麼？」

待瞿曉星唸罷賀詞，長意望著依舊在不停升起的孔明燈問道。

「是祝福吧。」紀雲禾道：「咱們成親的消息走漏了，北境的人們給我們的祝福。」

長意沉默了片刻，忽然道：「這人世間，沒有對不住我。」

紀雲禾不懂他為何說出這句話來，但將這句話聽到耳朵裡後，紀雲禾霎時想起了過去的種種，那些之於長意來說的折磨、痛苦，此時在這漫天星辰與人間燈火下，他卻說……

這人世間，沒有對不住他。

紀雲禾也沉默片刻，隨即勾動了唇角道：「長意，你太溫柔。」

＊

孔明燈在北境的夜空搖曳了一整晚。

紀雲禾與長意走完了儀式，吃過了再簡單不過的「宴席」，與眾人喝過了茶，便放走了大家，因為空明、瞿曉星和洛錦桑他們身上都還有各自的事情要忙，連睡覺的時間都不夠，哪還能多留他們下來聊天。

送走了眾人，長意與紀雲禾回到了屬於他們的側殿之內。

紀雲禾梳洗了一番，回過身來，又看見長意坐在床邊，握著他的喜服衣角，指尖輕輕在魚尾巴上摩挲。他的指尖力道輕柔，目光也十分溫軟，將紀雲禾看得心頭一酸。

她走到長意身邊，未曾坐下，站直身子，便輕輕將長意的身體攬了過來。

「抱抱。」她道，一邊說著，一邊摸了摸長意的頭髮。

長意一愣，便也鬆開衣角，抱住了紀雲禾的腰。他的臉貼在她的肚子上，正是最柔軟的地方，也是最溫暖的地方，讓他感覺自己周身的酷寒，都在因紀雲禾而退去。

兩人靜靜相擁，彼此無言，卻已勝過了千言萬語。

過了半晌，長意才輕聲開口道：「我沒有失去魚尾。」

「嗯？」

「在這裡，妳是我的魚尾。」

他的臉輕輕在她肚子上蹭了蹭，紀雲禾心尖霎時柔軟成一片，將他抱得更緊。

「你也是我生命的一部分。」

長意閉上了眼睛，將紀雲禾抱得又更緊了些。「嗯。」

這一夜或許是北境春日以來最溫暖的一夜……

紀雲禾有些難以入眠，所以長意在她耳畔哼響了鮫人的歌曲。他的低聲吟唱，宛如來自萬里之外的大海，時而猶如海浪，時而又如清泉，他的聲音讓紀雲禾漸漸閉上了眼睛。

她離現實越來越遠，卻離夢境越來越近。在夢境之中，混著長意的歌聲，紀雲禾彷彿看到自己又站在了十方陣的陣眼旁。她拉著長意帶著希冀與嚮往跳入漆黑潭水中，好似這眼前的黑暗退去，明日醒來，看到的便是一個春花遍地，再無陰霾的天地。

紀雲禾在長意的歌聲中睡著了，她的嘴角微微勾著，似乎正在作一個不錯的夢。

長意的歌聲漸漸弱了下去，終於，他閉上雙唇，歌聲靜默，顯得這側殿有些空曠寂寞了起來。

他藉外面灑到殿內來的月光，看著紀雲禾唇角的弧度。

她的微笑似乎感染了他，讓長意也微微勾起了唇角。他抬起手來，想去觸碰紀雲禾唇角的那一絲溫暖的弧度，但當手指放到眼前，長意才看見……

他的指尖，已經被冰霜覆蓋，帶上了一層淺薄的白色，冰霜凝固，像是長在他手指上的冰針，看著便覺得有刺骨的寒意，若是觸碰到紀雲禾的臉，這些針尖，怕是能將她的皮膚刺破。

長意收回了手，他這幾天，都沒再感覺到身體有多冷了。

為了不讓紀雲禾看出他的異常，他找空明要了一種藥草，藥草能讓他周身麻痺，感覺不出疼痛。雖然病沒治好，但總不會耽誤他成親。

長意認為，他以後陪伴不了紀雲禾多長時間，那麼在能陪伴她的時間裡，就盡量美好一點吧。

就像今夜的夜空。

是這個人世給他和紀雲禾，最好的禮物。

長意放開了紀雲禾，他蜷縮在紀雲禾身邊，盡量不讓自己的身體挨著她。他怕自己周身的寒冷將她從美夢中喚醒。他想看著紀雲禾保持著微笑，直到他失去意識的最後一刻……

翌日，未及清晨，紀雲禾便又睜開了眼來。

雖然是婚後的第一天，但任務也依舊要繼續，之前便遲到過一日，紀雲禾心想，下次絕對不再遲到。她坐起身來，動作輕柔地下床穿衣，卻在一回頭要與長意道別之時，愣住了。

長意所躺的那方床榻，四周結冰，獨獨在紀雲禾方才所臥之處沒有冰塊，因為她周身火熱，所以寒冰未侵。但長意……已經被覆蓋在了冰霜之中。

紀雲禾感覺渾身失力，呆呆地看著長意，忽然間，耳畔傳來「吱呀」一聲，殿門被人推開，將墜入夢中的紀雲禾驚醒。紀雲禾愣怔看著從門口走來的人，饒是在如今的情況下，她也不得不驚訝地張了張嘴道：「你……是如何來北境的？」

來人身影在逆光之中，一片靜默……

*

北境還是一如既往地為了新的一天繁忙了起來。

紀雲禾從側殿裡推門出去，饒是她身中帶著九尾狐的妖力，體溫比常人灼熱，此時站在陽光之下，周身也散發著陣陣寒氣。

紀雲禾在陽光中靜靜站了會兒，等著身上的白霧慢慢散去，隨後抬起頭來，深吸了一口氣。

她邁步向前走。

身後殿門緊閉，偌大的馭妖台，好似空無一人一般，寂靜清冷。

紀雲禾獨自一人走到了主殿之上，此時主殿上已有不少人在向空明呈上書信。紀雲禾這才知道，為什麼今天長意耽誤了這麼久沒出現，卻一直沒有人來找他，原來是這個大尾巴魚早就將自己的事情安排得妥妥當當了。

他早將自己的權力移交了出去，不管他在哪一天陷入沉睡，北境都不會因此有事務受到任何耽擱。

紀雲禾等殿中的人處理完事務，退了一波下去後，才走進殿內，對空明道：「空明，有事要打斷你一下。」

空明看了一眼紀雲禾嚴肅的神色，當即神情也沉凝下來。他將剩下的人屏退到殿外，問：「他怎麼了？」

「他被冰封了。」

空明雙目一空道：「為何如此快……」

紀雲禾沉靜下來，繼續道：「邊界還有結界的樁子要打，我待會兒先去邊界，你且幫我將他身體守著。」

交代罷了，紀雲禾轉身要走，空明卻忽然喚住她：「妳便只有如此反應嗎？」

紀雲禾腳步微微一頓，道：「我該如何反應？」

空明沉默了片刻。「妳是個心性涼薄的人，理當如此。」

紀雲禾嘴唇微微張了張，但最終還是閉上了。她邁步離開大殿。

趕到邊界，大家像之前一樣，將其他工作都準備好了。並且沒有人來詢問紀雲禾為什麼今天又來遲了。每個人都帶著熱情洋溢的笑看著紀雲禾。

昨日裡幫她梳妝的一個姑娘走了過來，帶著些許好奇和嬌俏對她笑道：「昨天怎麼樣？我們在邊界都看到北境城裡升起來的孔明燈了。」

紀雲禾看著她臉上的笑意，將心中所有的情緒都吞了回去。她對面前的姑娘報以微笑說：「是的，很漂亮。」她全然未提今天早上的事。

姑娘聽她如此回答，更是笑逐顏開，將這個好消息傳遞了出去。

紀雲禾繼續完成自己的任務。

今天因為她來得太晚了一些，所以將結界的樁子打完，夕陽都已經快沉下地平線了。

忽然，有人猛地拉住了紀雲禾的肩膀。

紀雲禾身體跟著那拽住她肩膀的力道往後一轉，眼前出現了雪三月氣喘吁吁的臉。

「找妳這麼久，妳還在這裡磨蹭什麼？」雪三月道：「跟我回去，鮫人有救，需要妳的力量。」

紀雲禾被雪三月拽著，跟著她走了好幾步，她剛想與雪三月說話，便被雪三月打斷。

雪三月道：「有個叫姬寧的國師府弟子來了北境，他與空明認識，被人帶來的時候，空明正在準備鮫人的後事。姬寧在國師府的時候，得知海外有一味奇珍異草，可以解鮫人術法反噬之苦。」

「三月……」紀雲禾拉住雪三月的手。「我知道，是佘尾草。」

雪三月腳步一頓。她轉頭看紀雲禾，道：「妳從何處知曉？」

紀雲禾頓了頓，思及今早見到的那個人影，她沒有直言相告，只道：「機緣巧合。」她沉默了片刻。「我本來想今晚回去求妳……」

「談什麼求不求。」雪三月神色好似沒有什麼波動。

而紀雲禾知道，對於雪三月來說，要用佘尾草救長意，這個決定是多麼難做。

「姬寧將方法告訴了林昊青，現在林昊青施了陣法，要將佘尾草之力渡入長意身體之中，但是長意身上的堅冰凝聚太快，阻擋了佘尾草進入。待妳回去，將長意身上的堅冰融化，藥草進入鮫人身體，即可助鮫人甦醒。」

紀雲禾沉默地看著雪三月。

「離殊早就死了。」雪三月答，聲音聽不出情緒。「別露出這表情。」雪三月拉著紀雲禾繼續向前走。「現在的離殊是我的念想，但妳的鮫人不是，他是一條命。」

紀雲禾眼瞼垂下，她嘴角顫抖，喉頭幾次起伏，最終脫口而出的，也就只有兩個字：

「多謝……」

紀雲禾活到這個年紀，經歷這些風波，說出口的話越來越少，但心中卻因為複雜的經歷，而擁有了更多感觸。甜更甜，澀更澀，感動與動容也越發難以忘懷。

「妳我不必言謝。」

這大概就是所謂的……生死之交。

一路急行，趕回北境。

紀雲禾與雪三月踏入側殿，此時的側殿之內，相較早上紀雲禾離開的時候，空氣更加寒冷，冰霜鋪了遍地，還在往外延伸，彷彿又將這一方天地拉回了寒冷的冬月。

空明在門邊守著，見兩人回來，眉頭一皺道：「快些。」

紀雲禾腳步更急。

兩人一入門，便看見林昊青坐在長意床榻邊，而離殊站在床邊。在長意與離殊心口上連結著一道光華，但光華卻未觸到長意身體，而是被他周身覆蓋的堅冰抵擋在外。

林昊青雙眼緊閉，額上冒著冷汗，他坐在一個發光的陣法上，一動也不動。

「融化他胸膛前的堅冰即可。」雪三月道：「這只有妳的黑色狐火能做到。」

紀雲禾繞過林昊青，在長意身旁跪坐下來。她手放在長意的心口之上，看著冰層中長意的臉龐閉上了眼睛，身後九條尾巴在房間裡展開。

狐火出現，讓房間裡的溫度霎時上升了些許。

紀雲禾手中黑色的火焰燃燒，慢慢將堅冰融化，她的手掌越來越貼近長意的胸膛，被林昊青控制住的那道光華也跟隨紀雲禾的手慢慢向下，一步一步更加靠近長意。

光華越是往前延伸，離殊的面色就越來越蒼白，而後慢慢露出面皮之下那些纏繞著的藤蔓。

他本就不是人，他是宗尾草繞著離殊的遺物，尋著那氣味長成的人形模樣。宗尾草的靈氣被林昊青盡數拔出，留在離殊身上的，只剩下一些枯藤而已。

雪三月見紀雲禾專心融化堅冰，過程順利，她沒有過多的擔心，一回頭，才看見了她的「念想」，此時已成為一片枯藤。

雪三月眸色微微一暗，她看著宗尾草的藤蔓中心……在那根根藤蔓纏繞的地方，是離殊留下的一個紅色的玉珮。

那是離殊以前一直佩戴在身上的玉珮，在離殊血祭十方前不久，他才將那玉珮送給了雪三月，彷彿是他對自己的離去有了預感一樣……

雪三月讓宗尾草圍著玉珮，長出了離殊的模樣。一開始，她以為自己能一直分清楚宗尾草和離殊的差別，但是到後來，與假的離殊在一起久了，偶爾她也會恍惚，真真假假，讓她難以去分辨……

甚至有的時候，對她來說，佘尾草長成的離殊，不過是不會說話而已……

雪三月眸中微微帶著些許悲傷，抬手想去觸摸枯藤之間的那個血紅玉珮，卻在忽然之間，當她的手指觸碰到那玉珮的時候，閉目施法的林昊青驀地眉頭一皺。

從離殊心口中連出的那道光華霎時收了回去，紀雲禾怔然，但她好不容易才將長意心口的堅冰融化到最後一層，眼看著即將要成功，那佘尾草的靈氣竟然跑走了！

但紀雲禾不敢動，她若是抽手，這堅冰恐怕馬上又會凝固。紀雲禾一抬眼，見林昊青也醒了，他坐在陣法之上，未敢移動分毫，只喚雪三月道：「佘尾草有靈性，他想跑，抓回來！」

雪三月一愣，只見被林昊青從離殊身體裡抽出來的那股靈氣在空中狂亂飄舞，發出猶如孩童一樣，聲聲尖利刺耳的叫聲。

它在空中亂撞著，但因為根部連在那血紅的玉珮上，所以根本跑不遠。

佘尾草有靈性……

「我不要去給他療傷！」佘尾草在空中對著雪三月尖銳地嘶吼著：「我是離殊啊！三月！我是離殊！」

雪三月如遭當頭棒喝，立即怔住。

「他在騙妳，離殊已經死了。」林昊青道：「燒了這藤蔓之體！讓它無處可去。」

「他會說話……」雪三月愣怔道：「他會說話……」

「氽尾草根本不是活物，它和附妖一樣，不過是一些情緒雜糅的形狀而已。」

「可是他會說話。」雪三月看著面前掙扎的那道光華。

光華在嘶吼著，氽尾草的根部開始想要慢慢地從那塊血玉上退去。

「他不是離殊，也不是妖怪，只是意念。它有靈力，所以能長成妳故人的形狀，但它和牲畜本無差別，雪三月，救鮫人必須要它。」林昊青厲聲道：「冰封越久越難甦醒，快！」

林昊青最後的話同時打在紀雲禾與雪三月的心口。

在氽尾草的嘶吼之中，雪三月倏地回頭，看向紀雲禾。

紀雲禾一身黑氣四溢，身後的九條尾巴無風自舞。對於現在的紀雲禾來說，一邊融化長意心口的冰，一邊分點妖力出來抓住那活蹦亂跳的氽尾草根本不是難事，但紀雲禾沒有這樣做。

她看著雪三月，與她四目相接。

雪三月怎麼會看不懂紀雲禾眼中的情緒。

能成多年的友誼，是因為她們本是那麼了解彼此的人。

紀雲禾尊重她的選擇。

對紀雲禾來說，她是要救她愛的人，但對雪三月來說，卻是要「殺」她愛的人……紀雲禾不會催她，也不會逼她，她在靜靜等雪三月自己做選擇。

是救，是放棄，全在她的一念之間……

佘尾草的嘶吼在空中絲毫沒有停歇，那些連接著血玉的根部在一點點地抽離。

雪三月回過頭來，看著空中飄舞的光華。

「我是離殊啊！」佘尾草大喊著。

這兩個字，足夠成就雪三月過去很多年的回憶。那些相遇、相識、陪伴、守候都歷歷在目。於馭妖谷的花海，那些親密的擁抱與親吻，都彷彿發生於昨日。

雪三月靜靜地閉上眼睛。

海外仙島，奇珍異草繁多，但她在外這些年，只遇到了一株佘尾草，人人都說她是因機緣而得，這一株毀掉之後，或許她再也找不到再見離殊的機會。

但離殊……

離殊與她，本就不該有再見的機會了。

在離殊血祭十方的那一日，他們就該告別了。是她強留著過去，拉著沒有離殊魂魄的軀體強留在這人世間……

這樣的日子，總該有盡頭。

雪三月睜開雙眼，一把抓住在空中狂舞的光華，在那聲嘶力竭的尖叫之中，她以術法挾持那光華，讓它不得不再與長意胸膛連結起來。

林昊青繼續啟動陣法，紀雲禾徹底將長意胸口上的冰層融開，終於，那光華觸及長意的胸膛，在一聲尖利的叫聲當中，雪三月一抬手，指尖燃出一絲火苗，她沒有回頭，手往離殊身上一甩。

火苗悠悠飄去，點燃了那枯藤糾纏出的人形。

火焰登時從血玉周圍燒開。

再無退處，那光華只好鑽進長意的心口之中，終於徹底消失。

而在長意心口處，一道光華散開，在沒有紀雲禾術法的幫助下，他身上的堅冰開始慢慢融化，冰塊分裂，有的融成了水，有的徑直落在地上。

長意眉眼還沒睜開，但他睫羽輕輕顫抖了兩下，指尖也似無意識地一跳。

紀雲禾看著他的臉頰，一時之間竟然不知道該用什麼樣的表情去面對他。

這一天之內，大悲大喜，讓她有些應接不暇。她抬起頭，望向面前的雪三月。

在雪三月身後，離殊那佘尾草藤蔓做的身體已完全被燃燒成了灰燼，血紅色的玉珮落在一片黑灰當中，顯得尤為醒目。

紀雲禾與雪三月相視，卻未笑，兩人神色都十分複雜。

「三月……」

「我說了，別露出這副表情。」雪三月道：「妳的感謝我在路上就收過了。」言罷，她轉過身，將地上的血紅玉珮拾起，隨後頭也沒回地離開了房間。

紀雲禾垂頭，看向床榻上靜靜躺著的長意。

「這人世，真是太不容易……」紀雲禾輕輕撫過長意額上的銀髮，長意眼瞼又是微微一動。

林昊青站起身來，道：「早些讓鮫人的身體康復吧。」林昊青看著紀雲禾。「我花功夫救他，是因為這個人世接下來，需要他。」

紀雲禾轉過頭，看向林昊青。

林昊青神色凝重道：「順德公主北上的時間，恐怕快到了。」

紀雲禾心頭一沉。林昊青離開之時，殿外急匆匆趕來一個人，卻是紀雲禾許久未見的姬寧。

經過這一場繁複的風波，稚嫩的少年已經成熟了不少，當初他離開北境，回京師時，眼中還有對未來的迷茫和對自己的懷疑，而現在，紀雲禾在他眼中看不到這樣的情緒。

短短的時間裡，他二入北境，這個國師府的小弟子經歷過姬成羽的死亡，好像忽然之間長大了。

「阿紀。」姬寧還是如此喚紀雲禾。「順德公主已經瘋了……她用術法捏出了許多傀儡，而後又用傀儡殺人……京城裡的人……」言及此處，姬寧的神色有幾分顫抖，他深吸一口氣。「都死了。他們……都變成了順德的提線木偶……」

紀雲禾沉默片刻，肅容問道：「有多少？」

「數不清……」

「她能操控多少？」

「都能操控……那些傀儡……成千上萬，都聽她的。我好不容易才從京師逃出來……」

眼見姬寧提及此事，渾身都開始不由自主地發起抖來，紀雲禾拍了拍他的肩，安撫道：

「先別想了，你在北境先休息片刻……」

「我還帶了一個朋友過來。」

言及至此，紀雲禾笑了笑道：

「你的朋友，我今早見過了，感謝你帶他來。」

第二十八章　終局

空蕩蕩的京師朝廷大殿裡四處都積滿了灰，順德公主赤腳站在平整又布滿塵埃的大殿裡。

「啦啦啦……」她哼著歌，心情頗為愉快似的在地上快步走過，及至快要登上最上方的龍椅，她忽然一轉身，向身後伸出了手。「朱淩，快過來。」

順德公主的指尖連著一條青色的絲線，絲線在她身後連著一人的眉心。

已被大國師殺死的朱淩竟然又「活」了過來！

他依舊身著過去的那件玄甲鐵衣，往順德公主這方走來。只是他表情呆滯，面上帶著毫無生氣的烏青之色，眉心的絲線連至順德公主指尖，順德公主動動手指頭，他就會往前走上一兩步。

他手臂的皮膚泛著淡淡的青光，一直順著順德公主的絲線，坐到那覆了塵的龍椅之上。

順德公主看著朱淩，嘴角一彎，眉開眼笑道：「你看吶，這朝堂都是本宮的了。本宮讓你坐，你便可坐，本宮想讓誰坐，誰都可以坐。」

她說著，又動了動另一根手指，在她指尖連結的絲線另一頭，姬成羽赫然踏了出來。

與朱凌一樣，他渾身皮膚皆泛著青光，眼神呆滯，眉心也連上了一根青色的絲線。

「本宮記得，你們以前是很好的朋友，他哥哥叛出國師府，去作了和尚。他在國師府受盡欺凌，還是你幫了他。後來，你救了本宮，也被毀了臉，其他人都怕你，但他卻日日來看你。你們情誼猶如兄弟，這皇位，便一同坐。」

順德公主說著，勾勾指尖，讓姬成羽挨著朱凌在皇位上坐下。

「這樣多好。」順德公主唇角揚起，笑容詭異得令人膽寒。「這天下人，都這麼聽話，該多好。」

她一轉身，往殿外走去，赤腳踩過地上的塵埃。

宮城之中，一片死寂。

地上的橫屍與斷木顯示著這個地方之前經歷過的混亂。

順德公主深吸一口氣，她一抬手，青色絲線往下一拉，一隻黑色的烏鴉被拽入她手中。

「來，乖，快告訴本宮，北境那邊都有些什麼消息了？我終於捏好了我的木偶們，是時候帶他們出去走走了……」

隨著紀雲禾打下最後一個結界的樁子，黑色狐火在陣法的輔助下，燒成了一根直通天際的巨大狐火火炬。

在黑色火焰邊緣，橘黃的火焰依次展開，在北境南方豎起了一道堅不可破的火焰城牆，將晚霞退去，照亮正漸漸暗下的北境黑夜。

北境邊界的火焰城牆之高，上達天際，城牆之間，唯有玄鐵鑄就的大門可以打開。不日，北境所有主事者在大殿的會議之後，終於也下達了禁止難民再入北境的指令。北境向南的十數個關口悉數將大門關上，一時間，邊界之外哀鴻遍野，滿目瘡痍。

與此同時，長意並沒有真正清醒過來，他一直在沉睡。

空明等人竭力瞞下長意沉睡的消息，唯恐擾亂軍心。

幾人見過姬寧，從姬寧口中得知了一個至關重要的消息——此前在北境爆發的雷火岩漿，或許是順德公主的剋星。

順德公主五行為木，她所吸食的青羽鸞鳥與大國師的力量也皆為木之屬性。火之術法最剋她，而雷火岩漿更是天下炎火之最，可灼萬物。

紀雲禾得知此事之後，帶著林昊青與空明去了北境城外。

在此前，雷火岩漿噴湧而出的時候，長意以術法凝作冰牆，阻擋了岩漿流入北境城中。岩漿冷卻之後，黑色的石塊裸露在山體之上，宛如群山之翼，圍著蜿蜒的山體成了一條綿長的平台。

先前長意已經命人在上面建造了武器，以作防禦之用。

林昊青查探了一番山體上的岩石，登時眸光大亮。

「此石乃雷火岩漿凝成，製成武器，或可克制順德用術法凝聚起來的傀儡。」

空明點頭道：「我這便回去，讓人抓緊時間採此岩石，製作武器。」

「北境山上可還有雷火岩漿？」林昊青問。

「嗯。此前岩漿噴湧之後，我曾派人去山上探查過，山上尚有一個洞口，內裡炎熱至極，翻滾著尚且裸露在外的岩漿。」

林昊青將手中雷火岩石握住，他看著紀雲禾道：「妳和這熔岩，或許就是這天下轉圜的生機。」

三人在山上探查了岩漿的位置，那處岩漿翻湧，離那洞口尚有十來丈的距離，他們就覺得灼熱非常，皮膚似乎都要被灼傷。雪山頂上的積雪終年不化，但在這火山口處，全是裸露的岩石，被灼燒得乾裂，別說積雪，連草木也未見半點。

空明與林昊青兩人抵禦不了灼熱的氣浪，被迫停在了十餘丈外。紀雲禾以狐火護身，對兩人道：「我先去洞口探查一下，看看地形。」

兩人不疑有他，在原處靜靜等著紀雲禾。

紀雲禾的身影漸漸消失在翻滾的濃煙之中。

她一路踏到雷火岩漿旁邊，灼熱的氣息讓她也難受至極。

但每當她覺得身體快要被這火焰撕開的時候，她心頭總有一股若有似無的涼意將她心脈護住。這個感覺，紀雲禾有些熟悉。當初，她被雷火岩漿灼傷，長意帶著她去冰封之海療傷，服下海靈芝的時候，便是這個感覺。

她摸了摸心口。

她尚且記得，此前，在冰封之海時，順德公主將長意抓回京城的時候，她吞下了一個海靈芝，強行離開了冰封之海。此後，海靈芝對她的身體並無什麼影響，她幾乎已經忘了這件事，卻原來，到此時，海靈芝都還護著她嗎……

紀雲禾笑了笑。她這一生，受的大海庇護可真不少啊。

紀雲禾握了握脖子上的銀色珍珠。

她看向下方的雷火熔岩，翻滾的岩漿彰顯著自然之力。在這樣巨大的力量之下，她是如此渺小，不堪一擊……

她蹲下身來，用指尖靜靜在火山口處畫下了一個陣法。

「為何去了如此久？」紀雲禾回來的時候，空明對她有些不滿。「看看地形而已，竟耽誤如此多的時間？」

紀雲禾笑笑：「我說我去雷火岩漿裡洗了個澡，你信嗎？」

空明翻了個白眼，扭過頭去，不欲與她再多閒扯，但林昊青卻是眉梢微微一挑，頗為驚異地看向紀雲禾道：「當真？」

紀雲禾瞥了他一眼。「自然當不得真，雷火岩漿可灼萬物，我要是跳進去了，你們怕是連白骨都撈不出來。」

「也自然懶得去撈妳。」空明轉身離開。「地形看清楚了嗎？」

「嗯。」紀雲禾道：「正好是一個圓，到時候，順德從南方而來，若攻破邊界，我便可將她引來此處。」

「妳？」空明挑眉。「順德公主可是繼承了大國師的願望，她現在想殺盡天下所有人，妳為何知妳引她，她便會來？」

紀雲禾頗得意地勾了勾唇角道：「順德是狹隘的人，她忘不了對我的恨意。」

三人從山上回了北境城，但意想不到的是，在幾乎沒有人當值的側殿，長意昏睡不醒的消息，竟然在他們去山上的這短短半日裡，猶如插了翅膀一樣，飛出了馭妖台，傳遍了整個北境城。

不管空明如何想要封鎖消息，縱使在隔著火焰結界的情況下，這個消息還是傳得天下皆知。

鮫人陷入了不明的沉睡之中。

這麼多年以來，長意對於北境的人而言，已不再僅僅是尊主那麼簡單的身分了。尤其是在上次北境雷火熔岩之亂後，長意更被人們說成了來自大海的守護者。

北境習慣了強大鮫人的守護，而現在，他們失去了這樣的庇護。

北境的人們霎時有些亂了陣腳。空明為此著急上火，怒而要查出從馭妖台將消息傳出去的人。對他來說，這意味著有內鬼躲在他也無法探查到的地方，這觸及了他的底線。

他變得比以前的長意更加繁忙。洛錦桑憂心他的身體，但空明對其他人多少會控制自己的情緒，唯有對洛錦桑，他很少能控制住自己。

樂觀如洛錦桑都被他罵得委屈至極。

是夜，在側殿之中。

長意依舊在沉睡，空明與洛錦桑前來議事，一進殿，看見正在幫躺在床榻上的長意擦臉的紀雲禾，空明就氣不打一處來。「他不醒，妳倒是沉得住氣！」隨後他又瞪向林昊青。「不是說佘尾草用了，他便可甦醒嗎？如今這又是所為何故？」

林昊青看了一眼床榻上的長意道：「他脈象平穩，為何沉睡不醒，我也不知。」

空明揉了揉眉心，兩日沒合眼，讓他顯得十分疲憊。

旁邊的洛錦桑皺眉道：「你是禿驢又不是鐵驢，你去睡覺，今晚別議此事了。」她說著要去拽空明的衣袖，空明卻略顯煩躁地一把將洛錦桑拂開。

「別添亂。」他看也未看洛錦桑。

紀雲禾見狀，一挑眉，將氣鼓了腮幫子的洛錦桑叫過來：「錦桑，妳來我這兒，我需要妳。」

「哼！」洛錦桑對著空明重重哼了一聲，隨後氣呼呼地往紀雲禾身邊走去，卻在走過林昊青旁邊的時候，林昊青身側佩劍倏爾一震。

林昊青將佩劍取出，道：「思語來消息了。」

這劍是林昊青的妖僕思語的真身，他們在北境城中，思語一直在京師潛伏，將順德公主的消息透過這樣的方式，以最快的速度告知他們。

林昊青於地面畫下陣法，席地而坐，奉劍於雙膝之上，閉上眼道：「思語……」他剛出口兩個字，忽然眉頭狠狠一皺，他身下的陣法轉而發出奇異詭譎的光芒。

這是從未有過的情況！

紀雲禾與空明登時神情一肅。

洛錦桑也一時忘了方才的生氣，緊張地詢問：「怎麼了？」

沒有人回答她，時間彷彿在林昊青越皺越緊的眉宇間凝固。

電光石火間，馭妖台外，狂風平地而起，徑直吹開側殿的窗戶。風呼嘯著吹了進來，將屋中所有人的衣裳與頭髮都拉扯得一片混亂。

也是在此時，林昊青身下的陣法光華大作。

「找到妳了！」

一道尖利至極的女聲刺入眾人耳畔，所有人皆覺一陣頭疼，捂住了耳朵。

紀雲禾很快就辨別出了這聲音。「順德……」她眉目沉凝，拳心握緊。

「找到妳了！哈哈哈哈！」笑聲伴隨著風聲在屋中狂舞而過，將屋內所有器物盡數摧毀搗散。洛錦桑內息比不上其他人，被這風中的聲音激得喉頭泛腥，嘔出一口血來。空明立即抬手，將她攬入自己懷中，替她捂住耳朵。

紀雲禾在狂風之中手中結印，黑色狐火畫出一圈陣法，封住被吹開的窗戶，狂風霎時在屋中停歇。

洛錦桑脫力地靠在空明懷中，望著空明憂心的眼神，洛錦桑咬咬牙，逞強地坐起來，將嘴角鮮血一抹，道：「我沒事……」

另一邊，紀雲禾追到窗戶邊，聽見那尖利的聲音在空中盤旋，狂笑不止：「我很快就會來找妳了。」

隨著順德公主的聲音隱去，林昊青身下陣法的光芒也一併隱去。他身前的長劍倏爾發出「喀」的一聲脆響，那劍身上竟然破出了一條長口！

林昊青猛地睜開眼，他如遭重創，臉色蒼白，汗如雨下，身體因為忍受著劇痛而微微顫抖著。

他將長劍握住，看著那劍上的破口，牙關緊咬，但終究未忍住心間的血氣翻湧，「哇」的一口嘔出鮮血。

鮮血落在長劍之上，便像是剛殺過了人一樣，觸目驚心。

「順德快來了。」過了良久，林昊青抹了一把嘴角的鮮血。「她發現了思語，透過她找到了我。」

「思語呢？」紀雲禾問。

林昊青垂頭看了一下手中的長劍。長劍之上，破開的口幾乎將長劍折斷。林昊青沉默地將劍收入劍鞘。

「做好應對的準備吧。」他起身離開，沒有給予正面的回答。

紀雲禾拳心微微握緊，卻在此時，出乎所有人的意料，邊界通天的結界陡然發出巨大的光芒，屋內所有人都不由得看向屋外。

外面天空被邊界的火光照亮，直到許久之後，眾人才聽到空中傳來的一聲沉悶的撞擊之聲，邊界的結界宛如是一堵城門，而今……這堵城門，被撞響了……

「順德……」林昊青捂住心口，望著火光染紅的血色天際。「來了。」

＊

順德公主的到來完全出乎眾人的意料。

外面的天空被燒得猶如血色。

空明眉頭緊皺，立即出了門，洛錦桑也連忙跟了上去。

沒過多久，北境城中，不少馭妖師與妖怪皆御風而起，集結著往邊界而去。

紀雲禾光是透過側殿的窗戶，便看見外面有不少人御風而起，猶如雨點一般往邊界而

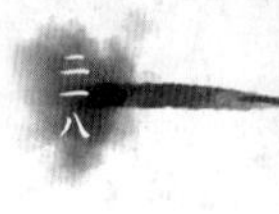

去。林昊青抹乾淨了嘴角的血，這才道：「慌什麼？」他帶著幾分自嘲道：「這還只是她百里之外的力量呢。」

林昊青一言，使紀雲禾神色更加沉凝。紀雲禾望向林昊青道：「她還在百里之外？」

「她藉思語看到了我，我自然也看到了她。」林昊青道：「她現在雖在百里之外，但妳我說話的工夫，或許她便到幾十里外了。五行為木，御風之術本就勝過他人許多，她如今身體之中又有大國師與青羽鸞鳥之力，操縱天下之風，於她而言，也是易事。」

順德公主還在北境邊界百里之外，邊界離這馭妖台，又有百里的距離，而剛才順德公主竟然透過思語看到了林昊青，而後操縱風起……

紀雲禾掃了一眼屋中散落的物件，最後目光落在了長意臉上。

「順德的力量比我們預估的更加不可測，結界是我打下的樁子，我得去邊界。若結界破了，我也會誘順德前往雷火之處。長意清醒之前，便由你幫我守著他吧。」

她說罷，轉身要走，林昊青喚的是她的名字，卻只看著床榻之上的長意，沒有看她。

「莫要拚命。」

四個字，在這樣的時刻脫口而出。這或許是林昊青與她說的，最像家人的幾個字。

紀雲禾嘴角微微動了動：「好。」

紀雲禾踏步出了側殿，身後九條黑色的狐尾在空中一轉。她身影如煙，霎時劃過天際，融入外面的「雨點」之中。

林昊青走到還在床榻上的長意身側，他看著尚還閉著眼睛的鮫人，鮫人修長的指尖微微一顫。

林昊青道：「她會沒事的。」

顫動的指尖，復而又歸於平靜。

紀雲禾趕到邊界的時候，萬萬沒想到會看到這樣的一幕。

她一直以為，順德公主只有自己孤身一人，卻沒想過，她竟然可以用術法捏造屬於她自己的一支傀儡大軍……

在邊界巨大的結界之外，難民已經不見蹤影，觸目可及的，皆是身上微微泛著青光的順德公主的傀儡！

他們表情空洞，神情呆滯，每個人的眉心都連著一道青色的氣息，遙遠地引向南方的某一個點。他們像沒有知覺的螞蟻，聽從蟻后的命令，前仆後繼地往前行。

操縱他們的是木系術法，在觸到高聳如雲的火焰城牆之後，他們便立即被焚毀。

空氣中，一時間彌漫的都是焚燒的焦糊臭味與飛灰。

紀雲禾站在城牆之上，遠遠眺望而去，只見在那青色光芒的最終端，有一人還是一身紅衣，赤腳坐在數十人抬著的轎子上。

這一幕，讓紀雲禾霎時想起了許多年前，她在馭妖谷，第一次見到了順德公主。

她高傲、冷漠，生殺予奪皆在她手。

只是相比當時，她的形態更添幾分瘋狂。她在轎上飲酒，飲完了，便看似隨意地將酒壺往前一扔，酒壺攜著她的術法，遠遠飛來，重重撞在火焰城牆之上。

「轟」的一聲巨響！

明明只是一個看起來小得不能再小的酒壺，卻將火焰結界砸出了一個破口，整個結界重重一顫，只是下方的火焰很快又燒了上去，將上方的破口補上。

結界之內的人無不驚駭。

順德公主見狀，卻是哈哈大笑了起來。她的笑聲隨著風，傳遍北境曠野，令所有人心脈震顫。

她的轎子停在離結界百十丈之處。她一抬手，手中青線轉動。

下方的傀儡們額間青光一閃，腳步慢慢加快，到最後竟然瘋狂地跑了起來。他們一個接一個，不要命地撞上結界，宛如飛蛾撲火，一時之間，結界下方一片塵土飛揚，飛灰騰起，遮天蔽日。

結界將所有塵埃與混亂都擋在外面，但這不要命的前仆後繼，看在還擁有一絲理智的人眼中，十分令人膽寒。

饒是這些馭妖師與妖怪們手上都沾染過鮮血，他們也不由得汗如雨下。

這場戰役與其他戰役不一樣。任何戰役的軍士都是為求生，而順德公主的傀儡大軍卻是為……求死。

漸漸地，他們人數太多，竟然一層搭一層，用屍骨與飛灰在結界之外堆成了一座山。其高度幾乎都要漫過玄鐵城牆。

「他們要死，那就讓他們來。」紀雲禾說著，在城牆上揮手下令。

結界之內，城牆之上，徐徐升起一股狼煙，緊接著，邊界十幾道城牆之上皆升起了煙火，城牆旁便是紀雲禾打下的結界樁子，黑色的狐火在裡面燒成通天的巨柱。

紀雲禾手中掐訣，腳下陣法光華一閃，光華如水滴平湖，層層波浪滌蕩開，沒入大地。

黑色狐火轉而升騰起兩股狐尾一般的火焰。火焰飄在城牆之外，似尾又似兩隻巨大的手，在結界之外橫掃而過，將撲上來的傀儡們屍首堆積成的屍山盡數撫平。

黑色火焰呼嘯著在地上橫掃而過。

而紀雲禾掐訣之時，卻讓那一端的順德公主看見了她。

遙隔百丈，順德公主眉眼一沉。

她在那巨大的轎子之上站了起來。

風聲從她身後呼嘯而來，拉動她的衣袂，順德公主輕描淡寫地從身邊的人背後取了一根羽箭下來，沒有用弓箭。她握著羽箭，宛似在玩一個投壺的遊戲。

而她的「壺」，卻是百丈之外，結界之內的紀雲禾。

順德公主一勾唇角，手中羽箭隨風而去。

箭如閃電，讓人根本來不及反應，眨眼之間，它便已經破開重重飛灰，刺穿不知多少她的傀儡的屍體，徑直殺向結界之後的紀雲禾。

城牆之下的黑色火焰揮舞而來，似要將羽箭擋下，可在它靠近羽箭之前，便被隨箭而來的巨大氣浪推散。

箭穿過黑色火焰，在火焰中留下一個圓形的空洞，空洞的背後是順德公主倨傲的笑容。

羽箭尖端被火焰結界擋住。

「轟」的一聲。

巨大的光華之後，羽箭灰飛煙滅，同時也將紀雲禾身前的火焰結界打碎。

火焰結界震顫不已，外面的飛灰通過這個破口飛了進來。

就是這眨眼的瞬間，那些不要命的傀儡便爬上了城牆，從這個破口鑽入。這不用紀雲禾動手，身旁的馭妖師已經將他們解決。順德公主這一箭雖然厲害，卻未動搖結界根基，下方的火焰很快又燒了起來，將破口修補。

而紀雲禾的神色卻微微沉了下來。

「結界擋不住她。」紀雲禾對身邊的空明道：「這些傀儡是依她術法而生，只要殺了順德，這些傀儡便皆可消失。但這裡，不是與順德一戰的地方。」

空明轉頭看紀雲禾道：「妳待如何？」

「待會兒露個破綻，讓她來追我。我將她引去雷火岩漿處，你們只要擋住這些傀儡，不要讓他們趁機踏入北境即可。」

「沒問題。」

話音剛落，遠方的順德公主又拈了三隻羽箭。這一次，她的箭未向紀雲禾而來，而是分別落在了火焰結界上三個不同的地方。

結界應聲而破，沉重的轟鳴猶如戰鼓擂響，宣告著兩軍短兵相接的開始。

順德公主三次抬手，扔了九支羽箭，傀儡從結界破口鑽入。

紀雲禾便不再猶豫，徑直從其中一個破口中主動躍出，黑色的狐尾立在空中，比其他人都要醒目。

順德公主自然也看見了她。

順德公主一瞇眼，風自手邊起，她以術法混在手中的羽箭之上，向紀雲禾所在的方向狠狠擲了過去。

紀雲禾不躲不避，九條尾巴在身後轉動，待羽箭飛來，只聽一聲厚重的聲響，猶如一記天雷。

順德公主唇角一揚，還未完全勾起，在紀雲禾那方，便倏爾聚起一團黑色狐火，狐火以迅雷不及掩耳之勢裹挾著她的術法與羽箭，竟又從那方扔了回來！

炎火擦過順德公主耳邊，將她身後為她抬轎的傀儡灼燒乾淨，又摩挲著地面旋轉而去，及至最後，一路灼燒，將她身後的傀儡全部燒成了飛灰。

順德公主看著身後的一片焦土，再回過頭來時，盯向紀雲禾的目光裡已滿滿都是殺氣。

而在紀雲禾身後，她此一攻擊無疑是大大鼓舞了士氣，北境的人們高聲呼喊著，舉起武器，奮勇殺敵。

紀雲禾沒有回頭，她只盯著前方的順德公主。

果然，不出紀雲禾所料，她此舉刺激了順德公主！長風湧動，順德公主的身影飛上前來，速度比紀雲禾想的更快！只一擊，便將紀雲禾擊入結界之內！

結界的火焰雖然不足以傷到紀雲禾，這一擊的力道卻徑直讓紀雲禾嘴角流下一道血。

「妳算什麼東西？」順德公主立在空中，她周身被青色的術法包裹，她就站在那火焰結界之中，任由火焰在她身邊衝擊，卻傷不了她絲毫！

城牆之上，其他人無不驚恐。空明面色沉凝，他下意識地將身側的洛錦桑護住，但一轉頭，卻不知洛錦桑去了何處。空明沒時間再分心找洛錦桑，只得戒備地盯著上方的順德公主。

大國師與青羽鸞鳥之力，到底是過於強大，在絕對力量面前，他們打下的結界樁子、所做過的那些努力，好似都變成了笑話。

火焰中，順德公主周身豔紅的衣服翻飛，頭髮披散間，她聲音尖利，宛如一隻來自地獄的惡鬼。「本宮早該將妳殺了。」

紀雲禾一笑，她站起身來。「只可惜，妳一直未能如願，現在也是。」

紀雲禾的話令順德公主更加憤怒，長風一過，便殺向紀雲禾，紀雲禾卻御風而起，轉身要逃。

「想走？」順德公主向著紀雲禾追去。

順德公主離開，追著紀雲禾去了北境雪山之處。

而順德公主破結界而入，使得其他的傀儡盡數翻越結界，衝入了邊界之中。

短兵相接之間，一切都變得十分混亂。

「洛錦桑！」空明高聲呼喚洛錦桑的名字。他早讓她不要跟過來，此前在馭妖台側殿的時候，她便被震傷了心脈，以她的力量，能殺多少人？

「真是會瞎添亂！」空明一咬牙，忽然之間，一道劍自身後劈砍而來。空明一回頭，抬手擋開來人，卻在看見來人的臉時陡然愣住。

姬成羽……

他的弟弟。

他已經有許多時間未曾見過他，數不清幾年，或者十幾年。他離開國師府的時候，曾想過，有朝一日，他們或許會站在對立的立場上，但從沒想過，會是以今天這樣的形勢。他將面對一個已經死掉的，被操控的姬成羽。

空明愣愣地看著他，卻在此時，姬成羽倏爾動手，動作變得比空明想的要快很多，長劍穿胸而來。空明在愣怔之後，四肢反應遲鈍，避無可避。忽然之間，姬成羽的劍尖停在了他胸口前一寸的地方。

空明愣神，卻見姬成羽的劍尖上倏爾莫名滲出了幾滴鮮血來。

鮮血順著寒劍流淌，隨後一滴一滴，滴落在空明身前。

一片空無的地方，一個人影出現。

是隱身了的洛錦桑。

「我……我可沒有添亂。」

身後城牆邊上的黑色狐火一掃而過，將城牆上的傀儡盡數打散。空明抱著洛錦桑蹲下，他幫洛錦桑按住胸前的傷口。

「閉嘴。」

他握緊了她的肩頭。

「我本來是要去幫雲禾的，但你比較笨，就先救你吧……」饒是現在，洛錦桑還是絮絮叨叨。「我現在是你的救命恩人了，你得講道理，以後……要報恩，你可是要……以身相許的。」

空明牙關緊咬，平日裡的冷靜盡數都被打破。「妳閉嘴。」

她胸口開了個洞。

「你許不許？你不許，我就這樣疼死算了，你許，你許我就努力忍一忍。我……」洛錦桑還要絮絮叨叨地繼續說。

空明惡狠狠地給她壓住胸口的傷，忍無可忍地罵她：「妳胸膛破了個洞！妳能不能閉嘴！我許！妳給我閉嘴！」

得償所願，洛錦桑咧嘴笑了笑：「那你就答應了，等打完了這場仗……你就娶我……」

她聲音漸小，眼睛慢慢閉上。

空明感覺喉嚨霎時被人擒住，連呼吸都十分艱難，每一口氣，都呼得生疼。

他握住洛錦桑的脈搏……

微弱……

但萬幸，還在。

邊界天邊上的紅光已經亮成一片，在北境也能將那方看得清清楚楚，那空氣中焦糊的味道似乎已經隨風蔓延到了此處。

馭妖台中，林昊青看著遠方的紅光，眉眼之下一片陰影。

「為何還沒醒？」姬寧的聲音從林昊青身後傳來，他在長意床邊焦急地來回踱步。

「順德公主來得太快了。」林昊青道：「出乎所有人的意料。」

姬寧蹲下身去，側著臉看向長意的頸項處。

在他頸項的地方，細小的白色陣法在銀髮之間輪轉。若不是從姬寧這個角度看去，尋常時候根本看不見。姬寧輕輕一聲嘆道：「這陣法何時才能發出光華啊……」

林昊青亦是沉默。

「等吧。」

姬寧轉頭，目光越過林昊青的身影，望向外面紅成一整片的天空。「我們等得到嗎？」

林昊青沒有再回答他。

紀雲禾答應過林昊青，不拚命。

但她失言了。

只因順德公主如今的力量已經超過了他們之前所有的預判。大國師與青羽鸞鳥，這兩人的力量或許一直以來都被人低估了。紀雲禾光是為了吸引順德公主來到雷火岩漿處而不被她殺掉，便已經用盡了全力。

及至到了雷火岩漿的雪山邊上，紀雲禾已被這一路以來的風刃切得渾身皆是傷口。她藉著熔岩口外的滾滾濃煙暫時掩蓋了自己的身影。

她以術法療傷，卻恍惚間聽到身後腳步一響。

紀雲禾回過頭，卻見順德公主周身附著一層青色光芒，踏破濃煙，向紀雲禾走來。

「本宮還以為妳有何妙計，卻是想借助這熔岩之地克制本宮？」她輕蔑地一笑。「天真。」她抬手，長風一起，徑直將這山頭上的濃煙吹去。

風聲呼嘯間，紀雲禾衣袂翻動，髮絲亂舞，她與順德公主之間，終於連濃煙都沒有了。

十丈之外的熔岩洞口清晰可見。

兩人相對，時間好似又回到那黑暗的國師府牢中。那時候，地牢的火把光芒一如現在的熔岩，將兩人的側臉都映紅，宛似血色。紀雲禾曾聽說，自她被長意救出國師府，順德公主便開始懼怕火焰，但現在，她沒有了這樣的懼怕。

她看著自己的手掌，五指一動，紀雲禾沒看見，但她能想到，邊界之處，定是又起了風波。

順德公主道：「本宮如今，何懼天地之力？」

紀雲禾抹了一把唇角的鮮血。她坐在地上，一邊調理內息，一邊故作漫不經心地看著順德公主道：「話切莫說太滿。天地既可成妳，亦可亡妳。」

順德公主勾了勾唇角，隨即面容陡然一冷，宛如惡鬼之色。

「妳先擔心自己吧。」

她來之前早得到了消息，鮫人沉睡，北境上下唯剩這紀雲禾方可與她相鬥。殺了紀雲禾，她的傀儡大軍入侵北境，平了這些逆民，將他們也收入自己麾下。彼時，這天下，便再無可逆她鱗者！

順德公主想到此處，眸中光華徹底涼了下來。她帶著些許瘋狂，在手中凝聚了一把青色光華的長劍。「紀雲禾，本宮對妳的期待，遠比現在要高許多。未曾想，妳竟然如此不堪一擊。這九尾狐之力，妳若拿著無用處，便也給本宮吧。」

話音未落，她忽然出手，攻勢比剛才更快。紀雲禾側身一躲，卻未曾躲過，她右肩再添一道滲入骨髓的重傷！

紀雲禾身後的狐尾化為利劍，趁著順德公主的劍尚停留在她體內時，她欲攻順德公主心脈，但順德公主卻反手一挑，徑直將紀雲禾的整個肩膀削斷！斷臂飛出，落在離雷火熔岩洞口更近的地方。

鮮血還未淌出，便瞬間被灼乾，那斷臂不過片刻，也立即被高溫燒得枯萎成一團。

紀雲禾咬牙忍住劇痛，面上一時汗如雨下。她的狐尾未傷到順德公主，但捨了一臂卻讓她得以在此時逃生。

她斷臂之上的鮮血與額上的冷汗滴落土地，登時化為絲絲白煙。

紀雲禾渾身顫抖，但她未曾面露懼色。

而這一擊卻讓順德公主霎時心頭一陣暢快舒爽，她咧嘴瘋狂一笑：「本欲一刀殺了妳，但本宮改變主意了。就這樣殺了妳有什麼意思？本宮將妳削為人彘，再把妳投入那岩漿之中，豈不更好？」

順德公主瘋了。

她的所言所行無不證實著這句話。

身體的劇痛讓紀雲禾無心再與她爭口頭之勝，她轉過頭，望向雷火岩漿之處，又往後退了幾步。

在方才的爭鬥中，她離雷火岩漿的洞口越來越近。及至此時，還有三五丈，便能到熔岩邊緣。

順德公主一步步向紀雲禾靠近。她看著紀雲禾蒼白的面色，神情更加愉悅。但她並不全然不知事。她看出了紀雲禾移動的方向，手中長劍一劃，紀雲禾身後忽起一股巨大的風。失去一臂的紀雲禾根本無法與此力相抗，她被風往前一推，下一瞬，她的脖子便被順德公主掐在手裡。

順德公主看著紀雲禾的臉，手中長劍變短，化作一把匕首。

「妳說。」順德公主眼中映著熔岩的紅光，讓她宛如一隻從煉獄而來的厲鬼。她說著，手便已經抬起，在紀雲禾臉上畫下了長長的一道口，從太陽穴一直到下頷，鮮血流淌，染了順德公主滿手，這鮮紅的顏色，更讓她興奮起來。「本宮是先刺瞎妳的眼睛，割了妳的耳朵，還是先將妳的手指一根一根切掉？」

出人意料的，紀雲禾在此時，唇角卻彎起一個弧度。

她滿臉鮮血，身體殘缺，是瀕死之相，而她眸中的神色還有嘴角的不屑，都在告訴順德公主，即便是此刻，她也未曾懼她，更不曾臣服於她。

「妳真可憐。」紀雲禾道。

順德公主眼眸之中的滿足一瞬間被撕碎。

她神色變得猙獰，五指一緊，狠狠掐住紀雲禾的脖子。

「本宮還是先割了妳的舌頭吧。」

她抬起了手。

與此同時，雪山之下，馭妖台中，側殿內裡床榻之上，一道白色的光華驀地在長意身上一閃。

那頸項之下，銀髮間的陣法輪轉。

氣息沉浮之間，冰藍色的眼瞳倏爾睜開。

而雪山之上，雷火岩漿不知疲憊地翻湧滾動，洞口之中倏爾發出一聲沉悶之響，岩漿湧動，從洞口之中跳躍而出，裹挾著新的濃煙，鋪灑在周圍地面。

一股不屬於順德公主控制的灼熱氣浪蕩出，溫度熾熱，讓在術法保護之下的順德公主都不由得瞇了一下眼睛。

而就是這眨眼的一瞬間，時間彷似都被拉長，白光自熔岩之後破空而來，一支冰錐般的長劍從紀雲禾耳邊擦過，直取順德公主咽喉！

冰錐輕而易舉地刺破順德公主的術法，在她毫無防備之際，一劍穿喉。

順德公主霎時鬆開手，踉蹌後退數步，捂著咽喉，面色發青，但鮮血盡數被喉間冰劍堵住，讓她說不出話，甚至也嘔不出血來。

紀雲禾則被一人攬入懷中。

銀髮飛散間，紀雲禾看著來人，帶血的嘴角揚起滿滿的笑意。

「你醒了。」

冰藍色的眼瞳，將紀雲禾臉上的傷，還有肩上的殘缺都看在了眼裡。

長意眼瞳震顫，唇角幾乎不受控制地一抖。渾身寒意，幾乎更甚此前被冰封之時。

「我沒事。」紀雲禾緊緊盯住長意，她尚餘的手將他掌心握住，寬慰道：「你知道，我沒事。」

看著紀雲禾眼中鎮定的神色，長意此時閉了閉眼，方忍住心頭萬千錐痛。等他再睜開眼睛的時候，面上已是一片肅殺。他看向順德公主。

面前，紅衣公主委頓在地，她喉嚨間的冰劍帶給她劇痛，冰劍不停消融，卻沒有化成冰水落在地面，而是不停順著順德公主的皮膚往外擴張，不過片刻，便將順德公主的臉與半個身體都裹滿了寒霜，哪怕是在這灼熱之地，她身上的霜雪也半分未消。

長意將紀雲禾護在身後，他上前兩步，看著捂著喉嚨不停想要呼吸的順德公主。

他本是大海之中的鮫人，與這人世毫無關係，他卻因為這個人的私欲，一路坎坷，走到現在。

及至冰劍完全消融，化作冰霜覆滿順德公主周身，她方仰頭，嘶啞著嗓音看著長意道：

「你……不可能……為何……」

長意根本沒有與順德公主說任何廢話，抬手之間，攜著極寒之氣的冰錐再次將順德公主穿胸而過，與之前的冰錐一樣，不停在順德公主的身體之間消融。

「你沒有……如此……之力……」

順德公主身體欲要再起青光，長意眉目更冷，一揮手，在四周灼熱乾涸之地，竟然冒出幾支極細的冰針，將順德公主四肢穿過，使她根本無法用手結印。

紀雲禾站在長意身後，看著他頸項之處的陣法光華，微微動容。

「這才是我本來之力。」長意看著全然動彈不得的順德公主道。

「為什麼……」順德公主極其不甘，看著長意，咬牙切齒。「為什麼！」

「鮫人的沉睡本就是個局。汝菱，妳到底還是看不穿。」這聲音自濃煙另一頭傳來時，順德公主霎時愣住。她僵硬地轉過頭，卻只見白衣白袍的大國師緩步而來。

大國師的神色是一如既往的清冷。

即便在這血與火之中，他面色也未改分毫。

看著大國師，順德公主神色更是震驚。

「不可能……我將你關起來了，我……」順德公主一頓。她在離開京師的時候算計了所有，卻未曾去牢中看上一眼。她篤定，她是那麼篤定，大國師肯定已經廢了……

但他……他竟然來到了北境，竟然助紀雲禾與長意他們……殺她？

姬寧來北境的時候，便將大國師一同帶來了。

而那時，用過佘尾草的長意本已經醒了，但來到北境的大國師卻與紀雲禾、長意、林昊青密議，佘尾草乃極珍貴之物，本可助人重塑經脈，若使用恰當，能使斷肢者重獲新生。長意被術法反噬，用佘尾草可疏通經脈，清除反噬之力，大國師卻有陣法，可用佘尾草之力助長意重新連上身體之內所有被斬斷的經脈。

也是那時，紀雲禾才知道，鮫人開尾，開的不僅僅是尾，還有他一半的力量。佘尾草可讓長意重新找回自己的尾巴，重新找回自己的另一半力量。

而順德公主雖然擁有青羽鸞鳥與大國師之力，但她自己卻沒有修行之法，會不斷地消耗身體裡的力量。所以，她在京城時，不停找馭妖師與妖怪吸取他們身上的功法。

但是到了這裡，無人再給她供給功法了。

邊界的火焰結界對順德公主是消耗，她的傀儡大軍對她也是消耗。在雷火岩漿旁，順德公主要不停用術法抵禦此處的灼熱，那更是不停地消耗。只要能將順德公主在此處拖住足夠長的時間，她身體裡的力量，總有消耗殆盡之時。

而天地之力並不會，雷火熔岩，還可再灼燒百年、千年……

唯一出乎他們意料的是，順德公主來得太快了。

若長意再晚片刻甦醒，他們的計謀，或許真的就要失敗了。

「為什麼你要殺我？」此時的順德公主，在意的卻不是紀雲禾與長意的計謀。她在意的是大國師。「你不是要為天下辦喪嗎？他們都成了我的傀儡，都死了，這是你的夙願啊！我

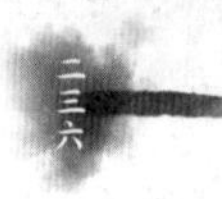

是在助你成你的夙願啊！」

大國師看著順德公主，沉默了片刻隨即道：「我的夙願，希望我終結這人世的混亂。」他的夙願，並非為天下人辦喪，而是為那一人鳴不平。

大國師來北境的時候，長意與林昊青並不信任他。當時，他也如此對紀雲禾他們說，而紀雲禾選擇相信他。

因為她曾在國師府與大國師相處過，她也見過寧悉語，她知道這對師徒之間的糾葛。百年恩怨，起於他手，終也將滅於他手。

紀雲禾不能完全確定大國師是否真的願意幫助他們，她只是以她見過的人心在賭，而她賭贏了。

「哈哈……」順德公主嘶啞地笑出聲來，她動彈不得，連胸腔的震顫也顯得那麼艱難。她的聲音難聽至極，但她還是不停笑著。「你們想這樣殺了我……但我不會就這樣死……」

她掙扎著，在長意的冰針之中，以撕破自己血肉筋骨為代價抬起了頭來，血紅的眼睛盯著紀雲禾。「我不會這樣死，我功法仍在，我仍有改天之力，我身亡而神不亡，我會化為風，散於空中，我會殺遍我遇到的每一個人。你們抓不住風，也抓不住我。」

她說著，髮絲慢慢化作層層青色光華，在空中消散。

青色光華飄飄繞繞，向天際而去。

「妳要是想救人，可以……」她盯著紀雲禾。「妳與我同為半人半妖，妳可將我拉入妳的身體之中，跳入雷火岩漿。」她詭譎地笑著。「我這一生的悲劇因妳與這鮫人而始，你們……妳！若想救天下人，那妳就與我同歸於盡吧……」

她身形消散，速度越發快。

紀雲禾卻是笑道：「好啊。」

她望了長意一眼，往前行了幾步，走到順德公主面前蹲下。

「那我就與妳同歸於盡。」

紀雲禾說著。斷了一隻手的她，神色並不懼怕，她身後的長意竟也未曾阻攔，順德公主尚未消失的眉目倏爾一沉。

紀雲禾用尚存的左手搭在了順德公主頭上，她身後九條黑色的尾巴將空中飄散的那些青色光華盡數攬住。

「為什麼？」順德公主驚愕地盯著紀雲禾。「為什麼？」

「因為，妳這般作為，我們也早就料到了。」

順德公主猛地盯向一旁的大國師。「不……」

但一切都晚了！大國師手中掐訣，紀雲禾腳下金色光華一閃而過，光華的線連著雷火岩漿旁邊的泥土。

在灰燼塵埃之下，紀雲禾前幾日在那方畫下的陣法陡然亮起。

這個陣法順德公主記得，她曾在國師府翻閱禁書時看到。這是馭妖谷……十方陣的陣

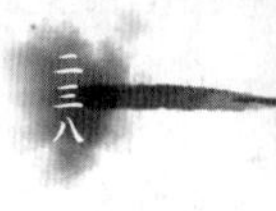

法！是大國師當年封印了青羽鸞鳥百餘年的陣法！

這個陣法雖未有馭妖谷的那般巨大，也沒有十個馭妖師獻祭，但若只是要將她困在其中，也是綽綽有餘！

「為什麼？」順德公主混亂地看著面前的紀雲禾，又看向她身後平靜的長意。「為什麼？妳也會死！為什麼？妳笑什麼！」

順德公主身中青色的光華不停被紀雲禾吸入體內，巨大的力量讓紀雲禾面色也漸漸變得痛苦，但她嘴角還是掛著淺淺的微笑。

十方陣光華大作，大國師的身體也漸漸泛起了光華。

「師父！」順德公主看向另一邊的大國師。「師父！汝菱做的都是為了你啊……」

十方陣必須要人獻祭，大國師看著漸漸消失在紀雲禾身體之中的順德公主，神色不為所動。金光漫上他的身體，他甚至未再看她一眼，仰頭望向高高的天際。

濃煙之後，藍天白雲，他微微瞇起了眼睛。

此時，清風一過，他閉上眼。獻祭十方陣的大國師，留在這世上的最後一個神情，是面帶淺笑。

萬事不過清風過，一切塵埃都將歸於虛無。

大國師的身影消失，十方陣終成，紀雲禾也將哀號不已的順德公主盡數吸入身中。

她站起身來，隔著金光十方陣看向外面的長意。

長意靜靜凝視著她。

「待會兒，一起吃頓好的。」紀雲禾道。

十方陣外的長意點點頭。

紀雲禾對長意擺了擺手，縱身一躍，跳入了雷火熔岩之中。

翻滾的岩漿霎時將紀雲禾的身影吞噬。

饒是通曉一切因果，及至此刻，長意還是驀地心頭一痛。

雷火熔岩之中，紀雲禾身影消失，青色的光華再次從裡面閃出，但十方陣宛如一個巨大的蓋子，將所有的聲音與氣息都罩在其中。

長意在旁邊守著，直至熔岩之中再無任何聲息，他在十方陣上，又加固了一層冰霜陣法。

隨後他身形隱沒，眨眼之間便回了馭妖台。

身邊，姬寧急急追上前來想要詢問情況，林昊青在一旁，目光緊緊追隨著他，而他只是馬不停蹄地往馭妖台側殿之後的內殿趕去。

推開殿門，他腳步太急，甚至被門檻絆了一下。

旁邊的姬寧愣住，還要追問，林昊青卻將他拉住。

長意腳步不停，一直往內裡走去，穿過層層紗幔，終於看見紗幔之中，黑色陣法之上，一個人影緩緩坐起。

長意撩開紗幔，走入其中。

完好無損的紀雲禾倏爾一抬頭，看向他。

他們四目相接，長意跪下身來，將紀雲禾攬入懷中。

紀雲禾一怔，隨後五指也穿過長意的長髮，將他輕輕抱住。

「你不是知道的嗎，那只是切了一半的內丹做出的我。」

「我知道。」

他知道。在他們與大國師謀劃這一切的時候，林昊青提出了順德公主身體消亡之後，恐力量難消之事，林昊青當即便有了這一提議。

他曾用紀雲禾的內丹做了一個「阿紀」出來，現在要再切她一半內丹，做「半個」紀雲禾出來，也並非難事。

長意在知道這一切之後，才陷入了沉睡，讓佘尾草去縫補自己體內的經脈。

但是在清醒之後，看到那樣的紀雲禾，他還是忍不住陷入了恐慌之中。看著紀雲禾跳入雷火岩漿，他依舊忍不住驚慌、害怕……直至現在，他將她抱在懷裡，實實在在地觸碰到她，與她說話，嗅她的味道，他方才能稍安片刻。

「長意。」紀雲禾抱著他，輕輕拍了拍他的後背，沉著地道：「一切都結束了。」

一切都結束了。

邊界順德公主的萬千傀儡盡數化作飛灰，清風恢復了自己的秩序，將它們帶走。

陣前的馭妖師和妖怪們沒有了隔閡，抱在一起歡呼雀躍。

洛錦桑的傷被軍醫穩定了下來。

一切，都結束了。

林昊青與姬寧接到急急趕回的妖怪傳來的消息，邊界的戰事停歇，他們在這樣的態勢下活了下來，所有人正準備回到北境。

長意此時方才將紀雲禾放開。

「走吧。」他看著紀雲禾。「妳方才說的，我們先去吃頓好的。」

紀雲禾笑笑：「我這躺久了，腿還有些軟，不如，你揹我吧。」

長意沒有二話，蹲下身來，將紀雲禾揹了起來。

姬寧想要阻攔。「外面都是人……」

「不怕看。」長意說著，便將紀雲禾揹了出去。

一邁出殿門，外面皆是歡呼雀躍的聲音，沉悶的北境從未如現在這般雀躍過。

長意與紀雲禾嘴角都不由得掛上了微笑，此時，清風一過，天正藍，雲白如雪。

*

長意將北境尊主的位置卸下，丟給了空明。

當時洛錦桑的傷好了一大半，但還是下不了床，空明整日裡一邊要照顧洛錦桑，一邊要忙北境的事務，本就兩邊跑得快要昏頭，長意又忽然丟了擔子，說忙夠了，要出去玩。

隨後帶著紀雲禾就走了，一點也沒考慮他的心情。

這把空明氣得差點昏厥。

好在現在北境的事情，忙是忙，卻忙得不糟心。

長意便也是看出了這點，才敢甩手離開。

紀雲禾曾經夢想著仗劍走天涯，現在，長意便帶著她去實現了願望。

他們從北方走到南方，終於見到了大海。

此時正是夕陽西下。

「大尾巴魚。」紀雲禾看著一層一層的浪，倏爾看向長意。「你找回了自己本來的力量，那是不是意味著，你的尾巴……」

他們一路走來，長意都沒有提過這事。他的力量雖然回來了，但他並沒有去印證自己的尾巴是不是回來了。他刻意避過這件事，只怕萬一沒有，自己失落便罷，萬一惹紀雲禾失落，他是萬萬不願。

但紀雲禾此時倏爾提到此事，他沉默了片刻。

「試試。」他道，隨即將自己的外衣脫下，放在了紀雲禾身側。

紀雲禾眼巴巴地看著他道：「褲子也得脫吧？」

長意沉默了片刻，看看左右。

左右無人，除了紀雲禾。

他又沉默了一會兒。這兩條腿長久了，忽然要脫褲子，那可是……

「我先去海裡。」他說著轉身，慢慢走入了大海之中。

海浪翻湧，漸漸吞沒他的身影。

紀雲禾帶著些許期待與緊張，跟著走到了海邊，海浪一層層打在沙灘上，浸溼了紀雲禾的裙襬。

近處的海浪不停，遠方的海面也不停蕩著波浪，一切與平時並無兩樣。長意好似就此消失在了大海裡一樣，再無聲息。

紀雲禾站在岸邊，夕陽將她的影子拉得很長。忽然之間，遠處傳來破水之聲。

紀雲禾眼瞳倏爾睜大，一條巨大的藍色魚尾在海面仰起。

鱗片映著波光，將紀雲禾漆黑的眼瞳也染亮。

她唇角微微一動。

她從未覺得海浪如此溫暖，海風也吹得這般溫柔。

（正文完結）

番外篇　雪三月

一

順德公主死後，雪三月與紀雲禾道了別，離開了北境。

這世間再也沒有離殊，甚至連與他稍有一絲連繫的佘尾草也沒有了。在很長一段時間裡，雪三月甚至有些疑惑，她存在於這世間的意義是什麼。

她走過這片土地的大江南北，從極北到極南，也去過神奇的海外仙島。

她努力地在尋找自己餘生的意義。

但這件事，比她想像中的還要困難。

她彷彿變成了一座孤島，再難與他人走近。甚至偶爾收到遠方寄來的故人書信，她也鮮少再給予回覆。

這人生，也不過就如此了吧。

她這般想著，卻未曾料到……有朝一日，她竟然又再一次與一人擁有了緊密的連繫……被迫的。

雪三月看著面前傷痕未癒的少年，沉默地撥弄了一下面前的篝火，神色薄涼地開口：「我沒打算繼續帶著你走，明天就能到一個村子，你自己在那村子裡找地方住下吧。」

少年抬頭看了她一眼，火光映照著他的眼眸，但不知為何，雪三月卻覺得，他眸中的光黯淡了片刻。他轉過頭，搖了搖腦袋，又繼續盯著面前的篝火，一言不發。

他很倔強地想跟著她。

雪三月有些無奈。她用一張冷臉走遍了大江南北，靈力高深，但見到她的人，都下意識地懼她三分，還有一些自詡有本事的馭妖師與妖怪，在初始的冒犯過後，聽到她的名字，也都乖乖地躲遠了。

她與那傳說中的鮫人夫婦有關係，還去過海外仙島，當初甚至與青羽鸞鳥也有些勾連。在平凡人的傳說裡，她是大國師之後最強的馭妖師，她的神祕色彩不比鮫人弱多少。

多數人都是怕她的。

唯有她最近遇到的這個少年……

那夜月色寒涼，林間風聲蕭索，少年氣喘吁吁的聲音在林間顯得那麼突兀。在他身後窮追不捨的，是一群眼眸幽綠的餓狼。快速奔逃間，少年轉頭探看身後狼群的蹤跡，未曾注意到地面上的老樹樹根。他被狠狠絆倒，但沒有摔出去，而是就地一滾，穩住了身形。

當時，雪三月躺在老樹高高的樹枝上休憩，看見樹下這一幕，她並未第一時間出手。

少年這一絆，耽誤了他的腳程。

餓狼轉眼追上，一隻綠眼的大狼撲上前來，張開血盆大口往少年頸項咬去。

雪三月手中拈了一片樹葉，而在她出手之前，意外的，少年抬手抓住了餓狼的上下顎，眼中神情狠辣，殺伐決斷間，是絲毫不似這個年紀的少年該有的決絕。

「喀」的一聲，他將狼嘴上下扳斷。

餓狼鼻中登時噴出鮮紅的鮮血，染了少年一臉。狼發出一聲悽慘的叫，被少年一腳踢到一邊。

少年臉上染血，他緩緩站起身來，拍了拍自己的衣袍，又將臉上的血輕輕擦掉，冷眼看著徘徊在他四周的狼群。那神色間的倨傲與清高，像極了雪三月記憶中的某個人——離殊。

雪三月想，自己怕是大半夜的，睏迷糊了。

她竟然會在一個被狼追著跑的少年身上……看見離殊的影子。

狼群在他身邊逡巡，不敢再衝動上前。忽然間，月夜林中忽起一陣笛聲，笛聲帶著妖氣，飄搖而來，雪三月霎時便察覺出了笛聲方向。她抬眼而望，目光穿過層層樹林，看到了山外的一個黑衣男子。

男子吹動的笛聲操控了狼群，使牠們更加暴躁起來。牠們眼中的綠光開始變化，越來越紅，口中開始發出低沉的嘯聲，露出來的狼牙也越變越長。

四周的野獸戾氣越發濃重起來。

少年的眼眸之中並無畏懼，但雪三月能看出少年的實力。他身上沒有妖氣，也並非馭妖師，徒手扳斷一隻狼的嘴，或許是因為學過武術，身體健壯，但要對付這麼多被操控的狼，絕無可能。

在笛聲陡然高昂的瞬間，少年眼眸沉下，五指放在身側，似乎正打算做點什麼，但忽然間，頭頂一陣風起，落葉簌簌而下，葉片劃過少年頰邊，在那一剎那陡然變得鋒利。

只聽幾聲清脆俐落的響聲，面前狼群喉間的低嘯頓時消失。

月夜林間，畫面似乎就此靜止。

飄過少年臉頰邊的落葉停歇於地時，雪三月也悄然躍下。她腳尖著地，四周所有的狼應聲而倒，她手中輕輕握著一片沾滿了狼血的葉片。

笛聲未停，雪三月彷彿只是在玩一樣，將手中葉片扔遠了。不過片刻，遠方的笛聲陡然一轉，停在了最詭異的音調上。

那笛子，彷似斷了……

雪三月無心去看遠方的結果，她轉過頭，盯住了面前的少年。

月色下，腥氣中，四目相接，少年雙眸慢慢睜大，近乎失了神一般，呆呆地看著雪三月。

雪三月挑了挑眉梢。

她剛才看見了少年殺狼，知曉這絕對不是一個普通的單純少年，是以，她也沒想到，自己不過在他面前小露了一手，竟然能惹得他這般震驚失魂。

雪三月從頭到腳打量了他一遍。

十七八的年紀，面容尚帶稚氣，但身材卻長得比一般成年人還要好。

他長得一點也不像離殊。

果然，剛才的恍惚，也只是她的臆想罷了。

雪三月沒再理會彷彿已經丟了魂的少年，邁步離開，擦過他肩頭的時候，她淡淡地道：

「要殺你的妖怪並不弱，去北境吧，今天沒死算你運氣好。」

她話音未落，忽然間，手臂卻被人抓住。

這個少年……竟然膽大包天地……抓住了她的手臂。

或許，他剛才是沒看見她怎麼殺狼的？

雪三月冷冷地轉過頭去瞥身邊的少年。

「你或許對我有一些誤解，我並不是個和善的人。」

很多人，接觸到她的目光便會怕得開始躲，但少年沒有。

他眸中彷彿盛了一汪水，映著月光與她。

「妳是……」他聲色微微有些顫抖，連帶著唇角與握著她手臂的手都有幾分顫抖。他彷彿想拉動唇角，最後卻只顫抖地道：「妳是和善的人。」

雪三月一怔。

她沉默地看著少年。少年的目光盛滿了情緒，但雪三月看不懂。

她抽開自己的手臂道：「你又不認識我。」說罷，她自顧自地向前走去。

而這個少年……竟然不怕死地跟在了她身後……

這一跟，就是五天……

雪三月後知後覺地想，自己可能是被人纏上了……

二

「跟著我，不會比你一個人生活好過多少。」雪三月告訴他：「我不會照顧你。」

少年往篝火裡添了一根柴，聲色平靜地道：「我可以照顧妳。」

天真……

雪三月看不懂這個少年，她不是喜歡待在同一個地方的性子，習慣了天南地北地走。順德公主死後，這世道依舊亂，她偶爾處理幾張北境頒布的懸賞令，拿著賞金過自己的逍遙日子，所以她的生活時常充滿危險。

帶著少年走的這幾天，她已經前前後後收拾了三組人，都來自不同的勢力……

就算是個傻子也該看出來了。跟著雪三月，或許比單獨應付自己的危機要更加麻煩。

但他就是不走。

「你跟著我，就是想要照顧我嗎？」雪三月揶揄他。

「對。」少年看向她，答得一本正經。「我就想照顧妳。」

他神色太認真，倒一時間堵得雪三月沒說出話來。

「我不需要你照顧。」雪三月道：「明日出了這山，前面有個山村，我會給你找個住處，你在那裡住下吧。我不會帶著你。」

她對少年的身世並不好奇，儘管一開始，他曾給過她錯覺，但雪三月在燒掉佘尾草的時候，便已經下定決心了，她要將關於離殊的所有事忘掉，忘不掉的，就深深地掩埋於心底。

她不打算讓那些感情糾纏自己的餘生。

所以她明天一定要把這個少年丟在前面的山村裡。這個少年，並不是萬千人中特別的那一個。對現在的雪三月來說，任何人都不會再特別。

雪三月側過身，靠著樹，不再搭理少年，打算就此休息。

而她也果不其然地聽見，在她閉眼之後，身邊傳來了窸窣的腳步聲。每天夜裡都是這樣，他會在她閉眼之後走到她身邊，然後將自己的外衣披在她身上，給她禦寒。

雖然她並不需要……

但這個少年，好似真的在盡職盡責地做著照顧她的這件事。

到第二日清晨，陽光透過斑駁的樹葉灑在雪三月的睫羽上。她睜開眼，便又看見了放在自己面前的食物——山林間最新鮮的果子還有清澈的泉水。

少年從跟著她的第一天開始，就承擔了給她準備吃食的任務。

這是第五天了，他每天都會換不同的果子，而那些果子無一例外都是雪三月愛吃的。

雪三月看著果子沉默。

這些天，她刻意不把少年和離殊連繫在一起，但待的時間越久，雪三月便越是不由自主地透過這個少年，想起了她與離殊之間的諸多細節。

離殊也喜歡照顧她。

給夜裡踢被子的她蓋被子，給常常忘了吃飯的她準備食物，在她疲憊的時候揹著她去下一個目的地……

她以前在馭妖谷被人傳得那麼厲害，有一半其實都是離殊的功勞。

雪三月一直都認為，離殊在那貓妖冷漠的外表下，內心其實住著一隻大狗，只有她能看見……

雖然最後的事實證明，並不只有她能看見……

思及往事，雪三月唇角微微一抿。她不再看少年摘下的果子一眼，徑直站起身來道：

「該啟程了，中午便能到前面的山村。」

「先吃點東西。」少年並不怕她的冷臉。「對身體好。」

離殊在作她妖僕的時候，也常常這樣說。早上起來一定要吃點東西，對身體好……

雪三月的臉徹底沉了下去。

「做什麼對我身體好不好，和你沒有關係。」

她邁步便走了，徒留少年有些錯愕地愣在原處。

其實，一直以來，雪三月都覺得，離殊利用她救出青羽鸞鳥這件事，在她人生中，已經走到結尾了。她已經原諒了離殊，並且對這件事不再看重。

直到此時此刻，雪三月才發現，原來，這件事終究是她心尖上的難平之意。

一個與離殊相像的少年、少年與他相像的舉動，引出了過去那些沉溺已久的回憶。那些回憶都那麼美好，但關於過去的所有美好，指向的都是那個令人心碎的結局……

說到底，無論雪三月對這個世界有多冷漠，但她對離殊的感情，始終像個不成熟的少女。

她憤怒於離殊只將她當成「恰似故人歸」，也控制不住自己的嫉妒……

她嫉妒離殊給予了青姬那麼濃厚的感情，而她只是個可憐的替代品。

三

雪三月再沒有搭理少年，她冷著一張臉，帶著少年走出了山林。

少年感覺到雪三月情緒低落，似乎很想與她說話，甚至雪三月好幾次都看到他張了張嘴，但最後一句話都沒有說。

雪三月感受到了這個少年……肉眼可見的無措。

真是奇怪……雪三月見過少年殺狼，生命受到威脅的時候都能臨危不亂的人，卻好似被她突如其來的壞脾氣嚇到了一樣……陷入了有些慌亂的狀態。

雪三月沒有多照顧他的心情，她在山村裡逛了一圈，發現村裡的人們都很和善，於是在山村的邊緣給少年找了一塊荒蕪的田地，田地旁邊有一個小木屋，她審視了一遍，告訴少年：「你以後就住這兒吧，要是覺得這裡太偏僻，你就自己憑本事離開吧。」

她說著，往屋外走了一步，少年立即跟著她走了一步。

「妳要離開，我就和妳一起離開。」

「我只是順手救了你一次，你不必拿出這副以身相許的架勢。」

「這不是架勢。」

雪三月被逗樂了。

「那是什麼？真心的嗎？你真想以身相許？」

雪三月好笑地看著他，看進了一雙幽深的眼瞳。

「妳要我嗎？」他問。

聲音嚴肅沉穩得讓雪三月幾乎無法將他與一個少年聯想起來。

「妳要我嗎？」他步步進逼。

時隔多年，雪三月竟忽然覺得，自己又有了被人逼問的感覺。就像是離殊在嚴厲地教訓她「好好吃飯了嗎？」、「為什麼要衝動？」、「這件事情妳做得太莽撞」。

這麼迫感，雪三月莫名熟悉。此時此刻，她再也無法否認面前的少年與離殊的相似。

雪三月退了一步，又退了一步，終於，她清醒過來，覺得自己不能再退了。

她冷了臉道：「我不要你。」她說著，眼看就要掐訣御風而去，而少年一步上前，一把扣住雪三月的五指，讓她掌心之訣無法成形，徑直打斷了她的術法。

膽子很大，且操作熟練，最重要的是……

多年以前，雪三月與離殊吵架的時候，她也喜歡轉身就走，離殊也總是這樣不由分說地留下她。

他會拽住她的胳膊，或者直接扣住她的手掌。與離殊十指相扣時，她便無法結印離開。

堪稱作弊的留人手段。

雪三月看著少年扣住自己掌心的手怔然抬頭，望向少年漆黑的雙瞳。

這不是金色的雙眼，但這眼中的神情，雪三月卻再熟悉不過。

但……

怎麼可能……

離殊早就死了。

雪三月閉上眼，穩下情緒，她周身靈力炸開，幾乎決絕地將少年推開。

她動了真格，少年自然無法抵擋，巨大的靈力撞在他的胸膛，讓他渾身麻痺，徑直被震得連連後退，直至撞到了木屋的牆壁才停了下來。

他喉間血氣翻湧，仰頭望著雪三月，眼中的情緒既是錯愕，又是哀傷，還帶著許許多多難以言喻的，拚命壓抑的深情……

他一句話也沒有說，只是這目光，便看得雪三月心頭又顫了顫。

她心頭不由自主地冒出一個奇詭的猜想……

但怎麼可能……

雪三月在心尖將自己的想法否認了千萬次，也告訴了自己千萬次，別異想天開，別不切實際，離殊已經死了。就算離殊沒死，那他也是過去了，因為離殊從不愛她。他死了，那是死去的過去。他活著，那也是該放下的過去，所以……別問傻話。

雪三月唇角顫抖。

「你和貓妖離殊……有什麼關係？」

別問傻話……

「你為什麼那麼像他？」

腦海裡千千萬萬次的警告，攔不住從心口裡冒出來的話語。

少年看著她，唇角動了動，良久的沉默與思索之後，他終於開口：

「順德未死之前，青姬去了馭妖谷。」他說的這件事與雪三月的問題南轅北轍，但雪三月並未打斷他。

這件事雪三月有印象，她聽洛錦桑提過，青姬聽說當年她愛的人死於大國師的陰謀，於是青姬去了馭妖谷，探查當年的真相。青姬在馭妖谷待的時間之久，以至於很長一段時間沒有出現在北境。

等她終於找到了真相，卻飛去了京師，被大國師重傷，擒住，這也才有了之後順德公主的半人半妖之身。雪三月也是在海外仙島聽到青姬遇險的消息，才趕了回來。

「十方陣……」他說了這三個字。

離殊血祭十方陣，放出了青羽鸞鳥，這才有了後面這一系列亂七八糟的事情。

「十方陣並未完全破損，青姬用陣中殘餘的我的血，復甦了我。」他終於道：「三月，我是離殊。」

雪三月看著他，一言不發。

這些話她都聽見了，卻像是沒有聽懂一樣。她看著他，宛如失去所有的反應，只是直勾勾地盯著他。

「青姬在十方陣探查十方陣的真相，同時也借助了十方陣的力量，在一隻此前被馭妖谷抓住的血狼妖的身體裡，復甦了我的意識。我得以借用這具身體活了下來。三月……」

離殊走上前來，他伸出手，想要去觸碰雪三月。

「啪！」

意料之外的，雪三月竟然再次揮開了離殊的手。

她拒絕了他的觸碰。

離殊愣住，雪三月眸光顫動。她手中掐訣，身形一轉，這次根本沒給離殊阻攔她的機會。雪三月御風而起，近乎決絕地只給離殊留下了一個背影。

風聲蕭索，似乎在重複著雪三月之前的那句話。

「我不要你。」

事隔多年，時過境遷，不管他是生是死，都再與她無關了嗎……

離殊未曾觸碰到雪三月溫度的手慢慢落了下來。他想自嘲而笑，卻連要勾動唇角也沒了力氣。

所以……在與她重逢的時候，他才什麼也不敢說。

他知道，經過馭妖谷那一別，以雪三月的性格，必定恨透了他……

四

雪三月作過很多夢，在離殊剛「死」的那段時間裡，每一個夢境裡，都是離殊回來找她，無奈笑著，想要抱住她寬慰，求她原諒的模樣。

而從每一個夢境醒來後，她面對的都是離殊已經死了的現實。

那時，她被青羽鸞鳥帶到了冰天雪地的北境，那些睡夢中的暖意在清醒之後盡數散盡，飄在了北方無情的風雪裡。那寒涼刺骨的感受，雪三月至今猶記。

帶她離開馭妖谷的青羽鸞鳥並不會寬慰她。看起來那麼柔媚的青姬，在這件事情上，卻極其克制又冷靜。

她告訴雪三月，有些事情發生了，就沒有辦法改變，只能接受。

後來，雪三月接受了這個「現實」。

她開始治癒自己。

當她花了好多年的時間，好像終於快從過去的陰霾中走出來後，那個陰霾的製造者，卻又忽然出現在她的面前，說：「我回來了。」

這是什麼糟糕的現實……

雪三月一路御風而走，三天三夜沒有停歇，直至耗光了自己身上所有的力氣，她方從空中踉蹌落下，尋了個城鎮酒館，坐下來便開始飲酒。

直到喝得酩酊大醉，雪三月才開始笑。

在酒館眾人驚詫的目光之中，她抱著酒罈哈哈大笑，笑至力竭，她又哭了起來，情狀瘋癲，無人敢上前靠近她。

唯有她內心最深處的地方知道，她是真的高興。

離殊沒有死，他回來了。

這值得讓她真正的高興。

但是……

雪三月可以與佘尾草好好相處，也可以對佘尾草像對以前的離殊那樣好，但是她卻沒辦法面對真正的離殊。

她可以在離殊不知道的歲月裡思念他，瘋狂地思念他，但當她真正面對這個傷害過她的人，雪三月卻不知道自己該怎麼面對他。

在他面前喜極而泣嗎？將那些傷害都放下？或者是要拎起過去的情緒，直接痛叱他的背叛與利用？

她都做不到。

在現在這個時間重逢，她面對離殊時，連該用什麼表情都不知道。

所以她一言不發地跑了。

到底怎麼做才是對的，雪三月現在並不知道。她只能暫且避一避，靜一靜，等她能克制自己的情緒，理智地面對離殊的時候，她才想去見他。

目前為止，她能想到的最合適的辦法，或許就是克制地面對離殊，恭喜他甦醒，然後平靜地離開他。

她得緩一緩，才能做到這些事。

她打好了算盤，而讓雪三月沒料到的是，在她酒醒之後的第二天，她在客棧門口看到了一張懸賞的畫像——是與離殊現在那副身體有五分相似的少年模樣……

雪三月在榜前站定，細細看了看上面的文書，竟見上面寫著，這是一隻血狼妖，兩日前屠了一個山村。

正是她留下他的那個村莊。

離殊會平白無故殺人屠村？這種事，就算離殊背叛她一百次，她也不相信。

思及她遇見離殊那晚的黑衣人，雪三月沉凝了目光。

但同時，雪三月也告訴自己，她或許根本不用擔心離殊。離殊是誰？貓妖王之子，區區幾隻名不見經傳的血狼妖能奈他何？哪怕現在，他是在一個血狼妖的身體之中……

她不應該擔心他。

雪三月是如此想的，但不過忍到了下午的時間，她便御風回到那個山村。

她丟下離殊的那個地方已經沒了離殊的身影，卻坐了一個翹著二郎腿的男子。男子與現在的離殊有幾分相似，宛如是那張臉成熟後的模樣。

「他呢？」雪三月冷漠地直言詢問。

男子一笑，滿是陰謀的味道。

「不著急，妳跟我走，自然能見到他……」

「那走吧。」雪三月徑直打斷男子的笑與話。她看著男子，神色間的冷漠與不耐煩讓男子一時間有些錯愕。

男子一愣，隨即挑眉道：「妳不怕……」

「不怕。別廢話。」雪三月催促。「趕緊帶路。」

「……」

五

跟著男子走的這一路，雪三月心裡想過，那屋子裡，一點打鬥的痕跡都沒有，饒是現在的離殊是個廢物，憑他會的那些陣法，借力打力，也不至於這麼輕易地被人帶走。

離殊放任自己被抓，放任與他相似的懸賞被貼出去，恐怕……是想引她回來。

雪三月的猜測，在見到被關在牢籠裡的離殊時，全部印證了。

他待在那玄鐵牢籠裡，沒有半分慌張，看著被領過來的雪三月，唇角反而微微揚起了一個微笑。

和雪三月猜想的一樣，他就是想誘她回來。

她了解離殊，一如離殊了解她。

然而，被離殊算計了，雪三月卻並不憤怒。

他們隔著牢籠相互凝望。

離殊聲色輕淺，卻難掩情意，道：「妳來救我了。」

雪三月沒有給予正面的回應。她不說話，而她身後「押解」她來此處的男子卻開了口道：

「救？你們誰也跑不了。」男子拉開玄鐵牢籠的門，想要將雪三月推進去。

但在他手挨到雪三月胳膊之前，離殊卻從牢裡伸出手來，一把將男子的手腕抓住。

「別碰她。」離殊聲色寒涼。「看在你與這具身體尚有血親關係的分上，這是我最善意的警告。」

「你？呵，飛旭，別人不了解你，我還不了解你嗎？三百年都未覺醒力量的你，憑什麼與我鬥？」

離殊抓著男子的手不疾不徐地道：「你試試。」

雪三月轉過眼眸，瞥了離殊一眼，不出意料地在離殊眼中看到了若隱若現的殺氣。

他護著她，這個場面也是久違的熟悉。

雪三月不打算再在這裡耽擱，她不顧身後的男子冷笑著又要和離殊放什麼狠話，手一用力，徑直將玄鐵牢籠的門給拔了下來。

「哐」的一聲，她將鐵門丟到了身後三丈遠，將那男子嚇得一愣。

離殊似乎也被雪三月這暴力拆門的模樣一驚。

雪三月冷冷地道：「出來吧。」

「你們打算走！呵！」謀劃了這一齣陰謀的男子似乎才在兩人主導的情勢中回過神來。他終於開口放出了狠話：「你們誰都別想走！」

「你廢話真的太多了。」雪三月心情正不好，被這人吵得更加心煩，反手就是一個耳光，徑直將人抽飛，打到了牆上，撞破好幾塊青石磚。

與離殊這具身體有著血親關係的血狼妖就這樣被抽飛到了一邊，口吐鮮血，昏厥過去。

離殊看著那張與現在的自己有五分相似的臉，心頭沉默了一瞬。

他回頭，對上雪三月的目光……

「走了。」

「……好。」

帶著離殊離開了那血狼妖的地盤，走在山林間時，雪三月先冷著臉起了話頭：「那傻子是誰？」

「我這具身體是他弟弟。」

「他想做什麼？」

「順德公主一戰之後，天下皆知煉人為妖的術法強大，不少圖謀不軌的人試圖得到這方法讓自己變強。他們拿不到林昊青的祕笈，就自己從各種蛛絲馬跡中提取資訊，研製方法。這個血狼妖，估計也是打算用他弟弟和妳一起來祭祀，要獲得他們兩人的力量。」

雪三月聽罷，沉默了一瞬間。「他憑什麼選我？」

「妳上次救我時，靈力深厚，被他賞識了。」

「……果然是個傻子。」

別人的事情聊完了，他們之間便又沉默下來。

「妳呢？」良久的沉默後，離殊開了口。「為什麼回來救我？」

雪三月此時方停下了腳步。

「離殊。」她道：「你明知故問。」

此前，剛知道離殊還活著的消息時，雪三月認為，自己只有委屈自己原諒他，或者找回尊嚴離開他這兩種選項。

但其實還有一種。

她可以直面自己的內心，承認自己的感情。去承認，自己在這段被利用過的感情裡面，還是沒有抽身，去承認，她就是還喜歡離殊。

不可否認地，無法忽視地，依舊喜歡著他。

她可以直面這件事，然後坦言相告。

畢竟，不管喜歡還是不喜歡，放棄或者堅持下去，所關係到的，都不是她一個人。這是他們兩個人的關係，關乎他們兩個人的選擇。

兩個人的關係出現了問題，自然要由兩個人一起解決。是分開還是繼續，彼此商量，或許……這才是最克制，也最理智的辦法。

「我還放不下你。」雪三月坦然道：「我也還沒有辦法原諒你。」

她的直白，讓離殊一愣。

「但無論如何，能重新再見到你，我很高興。」

「三月。」離殊的情緒似乎比雪三月更難控制。「能重新見到妳，我才是真的……萬分慶幸。」

他從馭妖谷被青羽鸞鳥復甦，而後青羽鸞鳥離開，卻再無音訊。等他養好了身體，從馭妖谷出來，這世道已經模樣大變。他去過北境，卻得知雪三月遊歷天下去了。

天下之大，他根本不知道還有沒有再見到雪三月的可能……

能在路途之中再相遇，天知道，那一瞬間，他有多慶幸。

「我……」他靜了靜，定下情緒，道：「我初遇妳，救妳，作妳妖僕，隨妳回馭妖谷，

確實是在利用妳……」

雪三月沉默地聽著。

「而後的心動……卻無半分作假。」

眸中彷似被點了一點光，雪三月望著他，也看見了他眼瞳中的期許與小心翼翼。

「我救青姬是為了報恩，也是為形勢所逼。但無論如何，以前的我，便是負了妳，以後……若還有以後……」

離殊不是擅長承諾的人，他說到此處，卻覺得古往今來，所有誓言好像都不足以表達他的決心。他頓住了，唇瓣幾次顫動，也未成言。

雪三月看著他這副模樣，竟是一聲失笑。

「算了。」她道：「走吧。」

她轉身向前。

離殊一怔。

雪三月走了幾步，未見離殊跟上，便回過頭看向離殊，卻見離殊臉色微微有些泛白。她猜到了離殊的心思，他以為，她還是要丟下他呢……

「一起走吧。」雪三月站在原地等他。「離殊。」

這一聲，兩個字，漫長得好似跨過了百年的時光，聽得離殊心頭有些灼痛發燙。

「嗯。」

好似糊裡糊塗的，那些過去，便也過去了。雪三月也不知道自己現在做得到底對不對，這個方式，到底是不是處理她與離殊關係的最好方式。

但又或許，在感情這件事情當中，並沒有做什麼選擇便是對或不對這樣的評判標準。唯一的標準是，她想不想，愛不愛，願意不願意。

而這三個問題，在關於離殊的事情上，雪三月第一時間就能聽明白自己的心聲。

想。

愛。

很願意……

（番外篇完結）

朱顏 1-4（完）

滄月 / 作者　容鏡 / 插畫

俏麗熱情赤族郡主VS.孤高清冷空桑神官
禁忌師徒戀，相殺又相愛，蘇爆了少女心！

嚮往自由戀愛的逃婚郡主、試圖扭轉命運的冷峻神官、肩負復國使命的鮫人將領，以及，尚仍年幼可欺的未來海皇──四人的愛恨糾葛，推動了空桑王朝的命運齒輪。一段少女的愛戀與冒險，亦成家國的瑰麗史詩。

Kadokawa Fantastic Novels DX

國家圖書館出版品預行編目資料

駁鮫記 / 九鷺非香作 . -- 初版 . -- 臺北市 : 臺灣角川股份有限公司 , 2021.05

冊 ;　公分

ISBN 978-986-524-734-8(第 3 冊 : 平裝)

857.7　　　　110003515

Kadokawa Fantastic Novels DX

馭鮫記 參（完）

（原著名：驭鲛记）

2021年12月15日　初版第1刷發行

作　　者：九鷺非香
發 行 人：岩崎剛人
總 編 輯：蔡佩芬
編　　輯：蘇涵
美術設計：吳佳昫
印　　務：李明修（主任）、張加恩（主任）、張凱棋

發 行 所：台灣角川股份有限公司
地　　址：104台北市中山區松江路223號3樓
電　　話：（02）2515-3000
傳　　真：（02）2515-0033
網　　址：www.kadokawa.com.tw
劃撥帳戶：台灣角川股份有限公司
劃撥帳號：19487412
法律顧問：有澤法律事務所
製　　版：尚騰印刷事業有限公司
ＩＳＢＮ：978-986-524-734-8